유별留別의 詩가 걸린 풍경

유별留別의 詩가 걸린 풍경

홍광석 소설

도화

차 례

작가의 말

돌밭을 갈아 얻은 빈약한 수확물

  늦깎이로 글 밭 가는 길에 들어선지 30년.

  돌이켜보면, 끝이 보이지 않는 무딘 감성의 돌밭, 요령 없는 쟁기질, 거기에 가뭄 홍수 등 개인이 감당할 수 없는 일상적인 위기 속을 헤매는 얼치기 농부의 모습 그대로였습니다.

  어설픈 주제에 갇히고 문장에 조롱당한 빈약한 소설.

  새로운 문채文彩의 법도에 익숙하지 못하고, 그렇다고 독자의 취향을 저격할 참신함도 없고, 독자에게 자랑할 이력도 없는 내 모습을 보면서 느끼는 자괴감과 연민.

  그래도 포기할 수 없다는 어지러운 번민.

  그런 난관에도 좌절할 수만은 없어 첫 번째 소설집『미망의 강』에 이은 두 번째 소설집『유별留別의 詩가 걸린 풍경』을 선보입니다.

  우선 오래전부터 관심을 가졌던 현대사의 비극을 앞세웠습니다.

  일제시대에 유랑민이 되었다가 히로시마 혹은 나가사키에서 원폭 피해를 당했던 사람의 이야기는 80년 전 사건이 아니라, 그 후유증 때문에 고통을 안고 살아가는 우리 이웃의 비극임을 알리고자 합니다.

그리고 현대사에서 거의 묻힌 10·28건대 항쟁.

'그 길에서 부르는 이름'은 민주화 과정에서 억울하게 운명이 바뀐 젊은이들을 기억하고자 역사를 기록한다는 마음과 개인의 소회를 곁들였습니다.

이별의 정서를 표현하는 말은 많습니다.

송별送別은 보내는 정을 담은 이별이라면, '留別'은 떠나는 사람이 남은 이에게 보여주는 이별의 정한情恨입니다.

더 오래 보고 싶고 안 보면 생각나는 사물과 이별은 슬픔이요 눈물이지요.

내가 심어놓은 나무 한 그루 꽃 한 송이를 두고 떠나는 마음을 담은 이별 역시 슬픔입니다.

그래서 '유별의 시'에는 詩만이 아닌 언행의 결과를 함축한 風景도 그려보았는데, 어쩌면 누군가에게 남기고 또 보여주고 싶은 심경心境의 일단일 수도 있습니다.

그저 물레를 돌려 실을 잣고, 그렇게 뽑은 실을 베틀에 걸어 소박한 무명베를 짜는 기록이 아니라, 우리 땅을 침략하고 백성을 죽이고 우리 문화재를 약탈했던 지난날 일본의 만행을 단순히 과거의 일로 기억하지 않겠다는 정신과 조작된 현대사의 의문을 중심 무늬로 새기는 마음의 기록이 되어야겠지요.

소외당한 사람, 고통을 참고 사는 사람의 모습은 언제 보아도 안타깝고 애잔합니다.

또 망각의 강을 건너 깊은 바다를 향해 본능적으로 쪽배를 저어가는 사람들을 지켜보는 일도 슬픔입니다.

그런 사람들의 아픔과 기쁨과 성공도 놓치지 않고 싶습니다.

가끔 버려야 할 것은 버리고, 잘못된 것을 바로잡아야 한다는 교훈을 담은 '꼰대'의 모습을 보여준 대목도 없잖으리라고 봅니다.

독자의 질책을 바랍니다.

소설가 한강의 노벨상 수상!

기쁜 소식입니다.

자랑스러운 한글의 경사입니다.

민족의 새로운 신화로 기록되겠지요.

소설가란 스스로 목에 건 멍에임을 알면서도 뿌리 깊은 억새 무성한 돌밭을 갈아 씨를 뿌려야만 하는 운명적인 존재로만 알았습니다.

그런데 처음으로 소설가라는 사실이 신의 은총일 수 있다는 생각도 했습니다.

이제 광주와 4·3만이 아니라 우리의 역사를 소설스럽게 기록하는 작가들이 많이 나오리라고 기대합니다.

2024년 11월 나주에서 西河 洪光石 합장

히로시마의 버섯구름

보이지 않는 국가권력이 신호등을 통해 사람의 흐름을 통제하는 건널목, 불꽃 같은 사람의 설음도 잠시 멈추는 곳. 멈추어 기다리는 타인의 내면에 흐르는 사랑과 미움, 기쁨과 슬픔, 환희와 좌절을 볼 수도 없고 알 수도 없다.

"무엇을 했는지…. 벌써 한 달이 갔어. 만나고 싶다."

"내가 네 집으로 갈까?"

"아냐, 오늘은 밖에서 만나자. 네가 사는 동네에 '밑줄긋기'라는 카페가 있다는데 내가 그쪽으로 갈게."

재훈은 시간과 장소를 말하고 통화를 끝냈다.

사람은 신념과 의지대로 살 수 없는 존재라고 들었으나, 재훈의 일생 그리고 최근 당한 사건과 처한 상황은 여전히 이해할 수 없다.

그간 거의 매일 통화했는데, 무엇이 그리 급해 오전 중에 불러낸 것일까?

더구나 내 집쪽으로 오겠다는 것일까?

예전과 다르다는 예감은 있으나 짚이는 것이 없었다.

신호등이 파란불로 바뀌자 멈춰 기다리던 사람들은 움직이고 나도 한 무리의 사람들 틈에 섞여 하얀 선이 처진 길에 들어섰다.

급류를 헤치듯 인파 사이를 비집고 빠르게 가는 젊은 사내들, 아직 겨울 기운이 남았음에도 얇은 옷차림으로 잔뜩 옹그린 채 종종거리는 앳된 소녀들.

아마 그들에게도 목적지는 있을 것이다.

오늘 이루어야 할 목표도 또 지켜야 할 약속도 있을 것이다.

지나는 길에 본 적은 있어도 젊은이들이나 가는 곳으로 여겼던,

카페 'underline'―밑줄긋기

작은 공원을 내려다볼 수 있는 계단을 오르니 검정 원피스 차림의 혜원이 일어서며 반긴다.

"부녀가 아침부터 어쩐 일이야?"

"나도 이런 곳은 처음인데 젊은이들 사이에 분위기가 괜찮다고 알려진 모양이야. 혜원이가 정했어."

그러면서 애써 밝은 표정으로 웃는 재훈.

재훈과 혜원의 얼굴을 번갈아 살폈으나 나를 불러낸 의중은 여전히 오리무중.

"어제 아빠랑 전주에 다녀왔어요. 오빠에게 엄마 이야기도 해 줄겸."

재훈과 김선희의 아들.

시설에 맡겨진 진호를 보고 왔다는 말이었다.

나이 40이 넘도록 살아있다는 사실이 기적처럼 보이는 진호.

아마 재훈은 그런 아들에게 제 어미의 죽음을 설명하지 못했을 것이다.

태어나면서 이성적인 판단 능력이 거세된 사내, 뜨거운 불과 차가운 얼음을 구분하며 뜨겁다거나 춥다고 손을 빼고, 맞으면 아프다고 움츠리는 거의 본능적인 수준의 표현 능력을 가진 진호.

큰아들 진구가 살았을 때는 형제가 서로 의지하는 듯하더니 진구가 죽은 후 힘을 잃은 진호를 차마 보기 어려웠고, 또 몸이 약한 선희도 감당하기 어려워 시설로 보냈다고 들었다.

기초적인 학습도 어려운 아들.

남의 웃음거리로 보이는 행동을 하는 아이 아닌 어른.

그런 아들을 지켜보며 마음을 앓지 않을 부모가 있을 것인가.

그래도 성격이 온순하여 시키는 일에는 고분고분하였고, 외적으로 말썽부리는 일 없는 행동이 그나마 위안이었을 것이다.

재훈과 혜원은 진호에게 어떤 식으로 엄마의 부재를 설명했을까?

진호는 제 엄마의 죽음을 어떻게 이해했을까?

"그래, 수고했다. 건강하더냐?"

"그렇지요, 뭘."

말을 흐리는 혜원에게 더 묻지 않았다.

재훈과 선희를 보면 그저 안타까웠던 세월, 정상적으로 자라고 공부도 잘해 거침없이 원하는 대학에 합격하는 자식들의 자랑은커녕 아예 자식들의 이야기를 입도 벙긋할 수 없었던 지난 시절이 가슴을 때린다.

혹시 무언가 정리할 목적으로 진호를 보러 갔던 것은 아닐까?

그런 생각으로 재훈을 보니 눈에 띄는 수척함에 다시 가슴이 서늘해진다.

서로의 믿음과 사랑을 확인하고 손을 잡은 젊은이들에게 10년 후의 자기 모습을 묻는다면 어떤 대답이 나올까?

아마 건강과 행복과 평화 넘치는 가족의 모습을 그리지 않을 젊은이는 없을 것이다.

불굴의 의지로 다복한 가정을 만들 것이라는 자신감을 보이지 않을 각오를 감추지 않을 것이다.

장재훈.

중·고등학교를 같이 다닌 친구. 착한 성품에 차분하였으며 학업 성적도 상위권이었다. 공대 졸업, 병역의무를 마치고 젊은 나이에 결혼 당시에는 바탕이 튼튼한 중소기업의 과장이었다.

김선희.

여상고를 나와 일찍 직장생활을 시작한 덕분인지 나이에 비해 어른스러웠고 활달했으며 남자라면 한 번쯤 돌아보게 만든 미인이었다.

그 두 사람의 들뜬 만남과 결혼에 이르는 과정을 지켜보면서 정말 잘 어울리는 배필이라는 생각을 했던 나.

80년 3월, 혼란하던 시국, 그리고 춥던 날 그들의 결혼식 사회자는 나였다.

"신랑 신부 출발!"

힘찬 나의 구령에 발맞추어 선희는 재훈의 팔을 꽉잡고 활짝 웃으며 부부로서 첫걸음을 떼었다. 친지들의 덕담은 반짝이는 보석이 되고 친구들의 훈훈한 축복은 화려한 꽃길이 되었다.

　그런 두 사람이 행복이 영원하리라고 믿으며 박수를 보냈던 하객들.

　"달콤한 미끼도 외면했는데, 바둑으로 말하면 장고 끝에 악수를 둔 셈!"

　가끔은 그렇게 재훈과 결혼이 억울하다는 농담을 했으나, 선희의 밝은 웃음은 사라지지 않았다.

　아버지 없는 어려운 가정의 장남으로 고등학교 졸업 후 군대를 다녀와 도청의 말단 공무원으로 취업하여 어머니를 모시고 두 동생의 학비를 걱정하던 처지였던 나.

　그런 나에게 가장 많이 도움을 준 친구가 재훈이었다.

　염치없이 재훈의 신혼집을 들락거리던 나에게 자기의 1년 후배라며 중학교 서무실에 근무하던 지금의 아내 박미란을 소개해준 사람도 선희였다.

　"내 후배인데 아주 심성이 착하고 또 영리한 아이예요. 잘 잡으세요. 두 번 다시 소개할 일이 없을 테니 그리 알고."

　그리고 선희는 미란과 나의 결혼을 서둘러 주선했다.

　"젊으니까 둘이 벌면서 헤쳐나가세요. 그리고 미란이 내 친동생이나 다름없으니 나한테 형수님이라고 부르고…, 물론 우리 그이도 깍듯이 형님으로 모시고…, 알았어요?"

　농담처럼 오금을 박으며 웃던 선희의 모습을 나는 생생하게 기억한다.

그리고 언니 노릇이라도 하듯 김치라도 새로 담그면 우리 단칸방에 밀어 넣어주던 선희의 마음은 또 어떻게 잊을 수 있을까.

뱃속까지 감출 수 없었던 재훈과 나, 거기에 아내들까지 선후배로 얽히다 보니 우리들의 관계는 더 각별해졌고.

하지만 돌이 지나도 웃지 않은 첫 아이 진구를 보며 선희는 미소를 잃었다.

출산 과정에서 의사의 부주의가 아니었나 의심하는 재훈에게 "기다려보자!"라는 말밖에 할 수 없었다.

아무리 가까운 친구도 마음의 고통까지 나눌 수는 없는 법.

타인의 눈에 띄기를 거부하고 우리의 방문조차 달가워하지 않는 선희에게 아내와 나의 어떤 말도 위로가 될 수 없었다.

3년 후, 이번에는 그럴 리 없다는 믿음으로 기다렸던 둘째 진호도 선천성 장애였다.

원망과 슬픔과 수심을 얼굴에 담은 선희, 말수가 줄었던 재훈.

선희에게 두 아들의 모습은 원인 모를 죄의식의 원천이었고 감추고 싶은 치부였을 것이다.

흘깃거리는 사람들의 악의 없는 시선에도 상처를 입었을 것이다.

재훈의 둘째 진호에 두 달 앞서 우리는 딸 지아를 출산했는데 아이를 안고 재훈의 집에 갈 수 없었고, 웃고 뒤집고 말하는 지아의 변화를 선희 앞에서 이야기할 수 없었다.

그 무렵 의부증이라는 병까지 옮아 곱던 얼굴도 망가지던 선희.

그런 선희 때문에 재훈이 잘나가던 직장을 그만두고 그의 부모님이 운영하던 '무진도기'라는 각종 그릇 도매상을 물려받았는데 선희를 집안에서 끌어내려는 배려였다.

주중에는 진구와 진호를 가까운 종교재단에서 운영하는 시설에 맡기고, 부모님을 도와 가게의 경리 일을 보면서 조금씩 우울증에서 벗어나 제법 농담도 하게 된 선희를 보며 다행이라 여겼다.

그 무렵 전라남도와 광주광역시가 분리되기 전이라 도시와 농촌의 순환 근무라는 지침에 주말 부부인 경우가 많았고, 그보다는 못다한 공부를 하고 싶다는 욕심에 방송통신대학 학사 졸업, 일반 대학에서 석사와 박사과정을 마치느라고 바빴기에 생활 공감대가 다를 수밖에 없었던 이유도 컸다.

그런 중에 재훈과 만나는 연간 횟수는 줄고 통화도 한 주일을 건너뛰기도 했다.

"아이를 더 갖자고 해서 차라리 입양을 하자고 했더니 더 늦기 전에 기어이 정상인 아이를 낳겠다고 고집하는데…. 정관 수술을 해버렸다고 했더니 복원하라는 거야. 그래서…."

오랜만의 만남에서 그런 이야기가 오갔다고 기억한다.

"잘 생각해, 그런데 진구와 진호가 그렇게 된 것이 우연이라기보다는 뭔가 있을 것 같은데…?"

"심증은 있는데 심증을 확인해줄 사람이 없어."

"무슨 말이야?"

"사실 그동안 너한테도 말을 안 했는데 처가에 문제가 있었어. 서울 사는 큰언니의 큰아들은 백일을 넘기지 못하고 죽었다고 했고,

작은 아들은 네 살이 되도록 일어나 앉지도 못하고 죽었어. 뿐만아니라 전주 사는 둘째 언니도 성치 못한 아들을 낳아 모두 유년기를 넘기지 못하고 죽었다고 했어. 하지만 모두 입을 다물었기에 진호를 낳은 후에야 알게 된 사실이야. 그래서 뭔가 있구나 싶어 조심스럽게 알아봤더니 선희 부모님이 원폭 당시 히로시마 변두리에서 살았고 두 언니도 그곳에서 태어나 소학교 들어가기 전까지 살았다는 사실이었어."

"히로시마? 그럼 피폭자?"

"하지만 처가 식구들은 히로시마 피폭의 결과일 수 있다는 합리적 의심을 배제하고 서울 사는 큰언니는 피내림이라고만 했다. 겨우 구십 년쯤 장모님이 돌아가시기 전에야 히로시마 거주를 확인할 수 있었고 본인도 선희 위로 아들 둘을 낳았지만 어렸을 적 잃었다는 말씀을 하셨어. 장모님은 자신이 피폭자라는 사실을 짐작하고 계셨고 선희가 중학교 입학하던 해 돌아가신 장인도 피폭으로 인한 후유증이 원인이었을 것이라고 하셨어. 장인이 돌아가신 바람에 집안이 어려워 선희가 실업계 고등학교로 진학했다고는 알고 있었는데, 그 이면에는 그런 아픔이 있었던 거야."

"그럼 오십사 년에 태어난 진구 엄마는 어떻게 된 거야? 이상이 있었다는 거야?"

"흥미로운 사실은 두 언니가 낳은 딸들은 다 정상이었는데 머리가 좋았어. 큰언니네 딸은 서울대에 진학했고 작은 언니네 딸도 의대에 진학한 재원이었지 않은가? 선희도 고등학교 3년 내내 장학생이었지 않은가. 아무튼 오십사 년생으로 한국에서 태어난 선희에게 언니들과 똑같이 나타난 현상인데…, 알 수 없는 누군가의 정신적 육체적 폭력에 짓밟힌 느낌이야."

심성이 착한 재훈의 고뇌를 실감하기에 나는 너무 바빴다.

그런 이야기를 나눈 지 1년이 지난 93년 2월, 마흔 두살의 재훈과 마흔을 넘긴 선희는 혜원을 낳았다.

늦둥이 혜원은 제 또래 아이들보다 무엇이든지 앞서가는 아이였다.

혜원이 유치원에 다닐 무렵, 어느날 재훈의 집에 들렀더니 어린 혜원이 열 살도 더 차이가 나는 두 오빠에게 집 전화와 주소를 외우게 하고 유치원에서 배운 노래를 가르치고 있었다. 사춘기를 넘긴 진구와 진호가 어린 혜원을 따라하는 모습을 보면서 씁쓸하게 웃던 선희, 눈가에 어리던 눈물.

"혜원이 덕분에 진구 진호가 공부를 많이 하네. 이제 노래도 따라 불러. 아이들 눈높이로 가르친다는 말이 맞는 것인지…, 우리가 못한 일을 혜원이가 해냈네."

여전히 제 이름을 못 쓰는 아이들.

그래도 대견해 하는 재훈을 보면서도 차마 웃을 수 없었던 그 옛날.

혜원에게 그런 일들을 기억하느냐고 묻는다면 상처를 헤집을 꼴이 된다.

소아과 전공의가 된 혜원.

"두 분이 많은 이야기 나누세요"라며 다른 약속이 있다고 커피잔을 들고 일어섰다.

아버지와 딸 사이에 어떤 묵계가 있음을 느꼈으나 고개만 끄덕였다.

"언젠가 너한테 우리 비극이 히로시마와 관련 있다고 말했을 거야. 생각나?"

"그런 일이 있었지. 그런데 왜?"

"이십여 년 전, 그러니까 혜원이가 태어난 후부터 히로시마에 관한 자료를 찾아 모으고 원폭 피해자들을 찾아가 만나기도 했어. 집사람을 이해하기 위해서였고, 내 운명에 고통을 준 대상을 알고 싶었던 거야."

"그래? 자료를 모은단 말을 얼핏 들었으나 구체적인 이야기는 안 했지."

"자랑할 일이던가? 무슨 취미 생활도 아니고."

아무리 가까운 친구라고 해도 머릿속은 들여다볼 수 없는 법.

재훈도 많이 늙었다는 생각만 했다.

"너한테 원폭으로 재가 되었던 히로시마에 에이비시시(ABCC)라는 기구가 있었다는 말을 한 적이 있었던가…?"

"뜬금없이…, 에이비시시(ABCC)라니?"

"어타믹 밤 캐쥬얼티 커미션(Atomic Bomb Casualty Commission)의 약칭으로 원자폭탄피해자위원회의 미국 명칭이야. 아마 들은 적 없을 거야."

"원폭피해자위원회? 뭘 하는 곳이야?"

"미국은 미군의 피해를 줄이고 전쟁을 빨리 끝내겠다는 명분으로 히로시마와 나가사키에 원자폭탄을 썼어. 그때쯤 일본이 더 버틸 수 없는 한계에 이르렀다는 사실을 알고 있던 미국이 원자폭탄을 사용한 진짜 의도는 딴 데 있었어. 미국은 만들어놓은 원자폭탄의 위력을 시험해볼 겸 세계에 자국의 힘을 과시해보고 싶었던 거지."

"네 생각이야?"

"내 생각이 아니야. 그동안 여러 책을 읽으며 정리한 사실이지. 아무튼 원폭의 위력은 만들었던 사람들의 상상을 넘었는데 그날 히로시마에서만 약 십육만 시민이 죽었다. 당시 사진 자료를 보면 우리가 알고 있는 지옥의 풍경 이상이었어. 죽은 사람 대부분 민간인이었고 그중에서 조선인들도 삼만 명가량으로 추정하지만 정확한 진상은 아무도 모른다가 정답이야."

내 의문이 비집을 틈이 없을 만큼 재훈의 확신은 단단했다.

"히로시마에 원폭 투하 후, 도시 전체를 통제하고 외국인의 출입을 막았던 미국은 재빨리 원자폭탄위원회를 만들어 생존한 피해자들을 치료하기 시작했어. 그런데 겉으로는 치료기관이었지만 사실상 피해자들의 후유증을 연구하는데 주력했어. 미국은 원폭피해자들이 사망하면 반드시 부검하여 증상을 면밀하게 기록하였으나 그 결과는 공개하지 않았지. 나중에 피해자의 이세들까지 추적하는 연구를 계속했지만 그런 결과 역시 하나도 공개하지 않았어. 원폭피해자위원회(ABCC)가 더 나빴던 사실은 모든 결과를 알면서도 원폭의 방사능에 의한 이차 피해는 없다고 공표해버린 거야. 왜 그랬냐고? 우선 민간인들을 대량 학살했다는 비난을 면하기 위해서였고 또 원폭 후유증이 깊다는 사실을 감추고 싶었기 때문이야. 그리고 그런 사실을 자신들만이 독점하여 연구하겠다는 의도였지."

두 아들에게 나타난 현상을 설명하려는 재훈의 의도는 알겠으나, 내가 공감하기에는 너무 일방적인 주장이었다.

"그렇다면 일본에는 원폭 후유증을 연구하는 의사들이 그렇게도 없었어? 이해가 안 돼."

"내가 본 자료에 의하면 천구백오십이년에야 야마와키 다구소[山脅卓壯]라는 내과 의사가 '히로시마 원폭피폭자의 백혈병 발생률 및 그 일부의 임상적 관찰에 관한 견해'라는 논문을 발표했어. 그렇지만 원폭피해자위원회(ABCC)의 격렬한 비판에 직면하였는데, 미국은 자기들의 독점권에 대한 도전으로 본 거지. 그 일로 히로시마 사람들은 원폭증이라고 상식화된 백혈병조차 원폭 후유증으로 인정받을 수 없었고, 젊은 의학도들의 원폭증에 관한 연구는 금기시되었어. 결국 원폭증은 의학자들이 평생의 연구 테마로 삼을 만큼 관심을 끌지 못하게 된 셈이지. 어떤 일본인 의사는 '근본적으로 원폭증은 해결되지 않은 질환인데다가 그것에 매달릴 경우 의사로 성장하는 데는 불리하기 때문이다'라는 뼈있는 이야기도 남겼다더라."

"그럴 수가…, 사실이야?"

"대개의 경우 백혈병은 십만 명당 두세 명꼴로 발생하는데 히로시마에서는 원폭투하 일킬로미터 이내의 지역에서는 십만 명당 일백이십오 명, 일점 오 킬로미터 이내 지역에서는 이십오 명꼴로 나타난다는 통계가 있어. 그렇지만 그런 통계가 있음에도 백혈병 환자는 원폭에 의한 방사능의 피해자라는 사실을 증명할 길도 막혔고 인정받을 수도 없었어. 천구백사십오년 십일월 '원자폭탄 방사능에 의한 사망자는 더 이상 없고, 잔존 방사능에 의한 생리적 영향도 보이지 않는다'라고 발표했던 원폭피해자위원회(ABCC)의 결론만이 진실 아닌 진실이었을 뿐이지."

부당한 폭력에 당한 듯한 재훈의 분노와 노여움이 말소리의 크기로 드러난다.

"미국이 어떤 나라인 줄 모르지는 않았으나…."

"우리는 줄기차게 미국을 혈맹이라고 배웠지만 사실 미국은 과학으로 무장한 제국주의였어."

"일본에는 그렇게 양심적인 학자들이 없다는 말인가? 중국의 남경대학살이나 우리나라의 위안부 문제를 부정하는 것처럼 자국의 역사 현실도 왜곡하고 있다고 하더만…."

"정치가 문제였어. 암암리에 모든 분야에서 작용하는 미국의 압력에서 벗어나겠다는 의지가 없는 일본 정부, 제대로 민주주의를 실현하지 못한 일본의 전근대적인 정치가 빚은 비극의 하나야."

"비겁하군."

"그건 우리 세대들이 열광하는 미국, 그 아메리카합중국이 지배하는 세계 질서의 현실 아닐까? 우리나라에도 아직도 미국을 구세주로 여기면서 성조기를 흔드는 사람들이 있잖아?"

개인적인 분노를 넘어 미국과 일본의 부당함에 소리 높이는 재훈.

신중하면서 타인에 대한 배려가 깊었던 재훈.

의부증이 심해진 선희는 재훈이 눈에 보이지 않으면 수시로 전화로 위치를 확인했고, 심지어 친구들과 만나는 장소에 나타나 직접 확인한 적도 있었다.

그럼에도 재훈은 선희를 다독이며 더 조심했다.

심지어 친정 언니들까지 나서서 병원에 입원시키라고 했으나 재훈은 "자식들이 그 모양인데 나까지 선희를 서운하게 만들면 안 되겠지요. 내가 이해하고 거두어야지 선희를 더 아프게 하면 도리가 아닙니다. 집사람의 병이 낫고 옛날처럼 티없이 웃을 날이 오겠지 하는 희망을 지키며 기다립니다"라는 말을 남겼다.

그런 말을 들은 아내 미란도 "재훈씨 말이 감동이네요." 하며 눈물을 닦았다.

"왜 히로시마 이야기를 넘어 미국과 일본을 이야기하느냐고 묻겠지. 나는 우리 가족의 비극, 선희의 죽음이 단순한 개인의 운명이 아니라 천구백사십오년 팔월 육일 아침에 시작되었다고 믿어. 나라를 잃고 유랑의 삶을 살았던 백성들이 원폭이라는 비극적인 사건에서 피할 수 없었던 거야. 듣기에 따라서는 많이 황당할 수 있겠지. 그렇지만 강제징용이나 정신대로 끌려간 여성들의 아픈 운명은 너도 알고 있을 거야. 같은 시대의 비극이지. 그럼에도 정부가 비극적인 역사에 너무 무관심했고 일본에는 늘 저자세를 보여 왔어."

자신의 불행이 자신의 잘못 때문이 아니라는 재훈의 확신은 많은 공부와 깊은 성찰과 깨달음의 결과였다.

"내 주장이 무리일 수 있겠지. 그러나 선희를 생각하면 분노와 함께 누군가를 원망하지 않고는 배길 수 없어. 얼마 전 일본 최고 재판소는 한국에 거주하는 피해자들에게도 의료비를 지급하라는 판결을 내렸다고 들었지만, 그런 판결도 우리에게는 그림의 떡이야. 당시 히로시마에 살았다는 인우보증을 서줄 사람을 찾을 수 없고, 더구나 해방 후 한국에서 태어난 선희 같은 경우는 원폭과 인과관계를 입증할 증거도 없고, 의학적으로 증명해줄 증인도 없다. 원폭 피해는 본인에게 그칠 뿐 후손에게 영향이 없다는 미국이 설치한 원폭피해자위원회(ABCC)의 공식적인 입장을 뒤집을 방법도 없어. 아무튼 소송의 대상이 될 수 없다는 점도 그렇지만 그보다는 의학적으로 증명할 수 없다는 사실이 너무 분한 거야. 일본에 책임을 물을 수 없고 미국 탓을 할 수도 없고 나라를 빼앗기고 자기 백성을 일본으로 내몰았던 조상들을 원망한다고 풀리지 않고…, 전적으로 개인의 문제가 된 현실이 너무 아프게 한다."

"현실의 모습이 곧 증거인데…. 결과는 보이는데 결과의 책임을 물을 수 없다니…."

혼자만의 밋밋한 넋두리는 재훈의 감정을 진정시키는 데 도움 되지 않았으리라.

"대한민국 이전의 사건에 대해서는 책임이 없다는 듯 원폭 피해자들의 고통을 외면했던 우리 정부도 문제였어. 원폭 희생자나 후유증으로 의심되는 환자에 대한 기초 조사조차 하지 않았으니까. 제 나라 백성들이 당하는 고통을 보면서도 일본이나 미국에 경위조차 알아볼 생각도 하지 않았어. 우리가 애국가를 부르며 믿고 의지했던 국가인데 그 국가는 자비로운 미소로 국민에게 위안을 주기보다 위엄을 보이는 허수아비 같은 모습으로 개인에게 겁이나 주는 존재였을 뿐이었다. 마을 입구에 돌이나 나무를 깎아 만든 험상궂은 천하대장군이나 장승보다 실제로 느끼는 존재감이 떨어지는 허상이 아닌가 하는 생각도 한다."

"네 억울한 심정은 알겠으나 국가를 허수아비나 장승 취급하는 말은 너무 나간 것 같아."

"평생을 공직자로 보낸 너의 입장에서는 그런 말이 당연하겠지."

재훈의 말처럼 어쩌면 국가는 죽은 나무에 불과한 경계표시의 장승을 마을의 수호신이라고 규정하고 주술적 상징성까지 지닌 의미론적 존재인 줄 모른다.

"여기서 나는 국가의 본질을 논할 생각은 없어. 다만 우리가 너무 소외당한 것 아니냐는 생각이 들고, 국민을 위한다는 국가의 본질적 기능이 무엇인가 하는 의문 때문에 불만이 크다. 국가가 원폭 희생자 전수조사라도 했더라면 희생자들이 개인의 운명으로 돌리는 일은 없지 않았을까 하는 아쉬움이 커서 하는 말이야."

평소에도 현실정치에 비판적이었던 재훈이었다.

그래서 나하고는 가벼운 다툼도 없지 않았는데 그때마다 재훈은 나에게 '영혼 없는 공무원'이라는 핀잔으로 내 입을 막곤 했다.

"사실 선희는 죽음의 신과 같이 살았어. 진호가 태어났을 때도 그랬고, 이십 년 전 진구의 신체검사 통지서를 받고는 약을 먹기도 했지. 아마 국가는 진구의 상태를 몰랐겠지. 오직 주민등록상의 생년월일만 보고 보낸 신검 통지서였겠지만 선희는 자신의 머리를 도끼로 맞은 것 같더라는 말을 했어. 일찍 발견했기에 망정이었지 늦었더라면 그때 죽었을 거야. 그때는 나도 죽고 싶었어."

깊은 우울증에서 벗어나지 못했던 선희가 죽음을 시도한 적이 여러 번이었다는 사실은 나도 알고 있다.

"지난가을 선희는 진호를 시설에 맡기자고 했어. 평생 자기 품에 안고 살 것처럼 했던 사람이라 의아했지. 하지만 나 역시 그런 생각을 했던 터라 선희의 진심을 확인하는 차원에서 몇 번 물었으나 …, 그때 선희는 이미 자신의 길을 정리했던 것 같아. 부부는 일심동체요 또 이심전심이라고 했는데 나는 아무런 예감도 느낄 수 없었으니…."

자책하며 눈을 감는 재훈의 모습이 짠하다.

"어느날 선희는 지나가는 말처럼 국가도 무섭고 사람들 만나는 일도 점점 두려워진다고 했어. 그리고 시부모님께도 미안하다고 울었어. 진호를 전주의 시설에 맡기고 돌아오는 길에 선희는 처음으로 외국 여행을 가고 싶다는 말도 했다. 반가움에 덥썩 약속도 했지. 그런데 이제는…."

눈시울을 닦는 재훈에게 "이제 잊어버리자. 그렇잖으면 네 몸만 축나"라는 말은 차마 할 수 없었다.

"선희는 자신이 히로시마의 피해자임을 모르지 않았지만 내가 히로시마 이야기하는 것을 좋아하지 않았어. 그래서 나도 히로시마와 나가사키에 관한 자료를 모은다는 사실을 말하지 않았어. 하지만 내가 감춘다고 모를 일이던가. 지난가을 친구 아들 결혼식에 다녀왔더니 내가 모은 자료를 꺼내놓고 열람하고 있대. 조상탓이라고 혹은 피내림이라고 했던 선희가 그날 비로소 우리들의 죄가 아니라는 이야기를 했어. 사회적 편견과 기피를 알았기에 마음의 문을 닫고 히로시마를 극력 부인하고 살았던 선희의 변화였지. 그럼에도 나는 선희의 마음을 감지하지 못했어. 선희는 나에게도 마음을 닫고 살았던 것일까? 아니면 내가 선희의 마음에 접근하려는 노력이 부족했던 것일까?"

"친정의 유전적 요인 때문에 본인도 고통스러웠겠지만 너도 힘들었으리라는 사실을 알고 네 마음을 이해했을 거야. 이제 당장 잊을 수는 없겠으나 마음을 진정하자."

내 말에 재훈은 진지하게 "내가 조금 안정감을 잃었다"라며 미안하다고 했다.

"너도 잘 알겠지만 살다보면 가해자를 모르는 피해자가 되는 경우도 참 많다. 더러는 가해자를 뻔히 알면서도 힘이 없기에 당했던 경우도 있었어. 너와 혜원이 엄마도 그런 피해자야. 알량한 국가는 개인의 문제로 돌리고, 방사능이 원인일 수 있다는 사실을 말해주지 않았던 의사, 정치인이나 의식 있는 사람들마저도 관심을 보이지 않았던 현실에서 혜원이 엄마가 힘들었을 거야. 자기로 인해 한 남자의 운명이 망가졌다는 미안함도 컸을 거야. 그러나 누구의 잘못도 아니다. 나쁜 기억은 잊고 나쁜 마음도 버리고 더는 후회하지 않도록 살아야지. 우리도 이제 세월에 밀려가는 처지 아니냐."

기다려도 옛사람은 돌아오지 않고, 그렇다고 내가 그 시절로 돌아갈 수 없는 인간의 숙명을 일깨우는 우회적인 권유임을 재훈도 모르지 않을 것이다.

"선희와 둘이서 조용히 살고 싶다는 마지막 꿈까지 강탈당했어. 아비로서 혜원이에게 아픔을 주지 않아야겠다고 마음을 가다듬지만 앞으로 무엇을 하고 어떻게 살아야 할지 정리되지 않네."

유서 한 줄 남기지 않고 홀연히 십오층 옥상에서 뛰어내린 선희.

비록 정상은 아니었다지만 무엇에 끌려 사랑하는 남편과 예쁜 딸을 두고 떠난 것일까?

선희가 마지막으로 봤을 세상이 어떤 모습이었을까?

그런 선희로 인해 어처구니없이 수사기관의 의심을 받았던 재훈.

상처에 또 상처를 입었던 재훈에게 교과서적인 위로는 오히려 상처를 헤집은 꼴이 되리라.

"미국에 전쟁을 걸었던 자신들의 잘못에 대한 반성 없이 히로시마의 비극만을 강조하면서 피해자 행세하는 일본. 당시 죽은 조선인들의 위령비조차 홀대한다는 뉴스도 봤어. 아직도 정확한 진상규명, 후유증에 관한 연구는 없어. 그럼에도 반성 없이 평화 운운하는 일본을 외면하고 일본을 동맹국이라고 하는 우리나라의 꼴도 한심해."

소리는 낮아도 재훈의 말이 빨라진다.

"집을 내놨어. 선희가 눈에 밟히는 집도 그렇고 혜원이와 둘이 살기는 너무 넓어. 그보다 너를 불러낸 목적은 따로 있어. 히로시마는 개인의 아픔인 듯 보이지만 사실은 인간의 탐욕이 빚은 인류의 비극이었다. 히로시마의 변방에 살았던 선희의 부모님, 그들의 운명이 나에게 고통이 되었던 우리 가족사를 사실적으로 써서 나와 선희의 억울함을 풀어주었으면 해. 개인의 불행과 고통을 감싸주려 하지 않은 국가의 잘못도 지적하는 글을 쓰고 싶지만 나는 재능이 없어. 생전에 선희도 내가 모은 자료를 너에게 주라는 말을 남겼고, 혜원이도 동의했어. 자료는 박스에 담아 내 차에 두었으니 이따가 너에게 넘겨줄게."

재훈의 말이 일종의 돌발 상황임에도 이상하게 충격은 크지 않은 까닭은 자책과 분노와 슬픔과 불안 속에 살았던 선희의 일생이 보였기 때문이다.

"네가 직접 넌픽션이라도 쓸 일이지…."

"대상이 불분명한 분노만으로 글을 쓸 수 없어. 또 그래서도 안 되지. 너는 현실을 분석하고 남들이 들여다보지 못하는 역사의 이면을 넘나들 수 있는 작가잖아. 그리고 너는 선희가 그런 선택을 할 수밖에 없었던 심정은 물론 선희에게 영향을 준 역사적 사실을 밝힐 수 있는 박사잖아. 어차피 과학적인 접근은 어려운 일. 나와 선희의 출발 또 선희의 마지막 길을 지켜본 사람이니 선희의 영혼을 위로한다는 마음으로 네 추리와 상상력을 더하여 소설로 구성해봐. 재촉하지는 않을께."

어쩌다 운이 좋아 젊은 날 작가의 말석을 차지했으나 치열한 작가 의식이 부족한 나.

공부하고 싶다는 욕심보다 직장에서 승진에 도움이 될까 하고 내친김에 박사 과정을 마쳤으나 사회발전에 도움 되기는커녕 개인의 성장에도 쓸모가 없었는데….

또 재훈과 선희의 고통을 지켜보기만 했는데, 그걸 모를 리 없는 친구가 나에게 글을 쓰라니!

하지만 못하겠다는 말이 차마 나오지 않았다.

재훈과 선희에 대한 부채 의식, 친구의 고통과 그런 고통을 제공했던 역사에 너무 무지했다는 반성, 그리고 무엇보다 선희의 마지막이 묵직하게 가슴을 누른다.

"내 말이 너무 길었다. 우선 이 책을 먼저 읽어봐. 자 그럼 나가서 점심이나 하자. 혜원이가 봉투 하나 주더라."

외국인이 쓴 번역서『한국의 히로시마』라는 책의 표지에는 70년 전 히로시마 하늘에 피었던 버섯구름이 선명했다.

그 버섯구름을 가슴에 안고 살았을 선희의 모습이 겹치고, 재훈의 진득한 슬픔이 얼얼한 바람으로 내 가슴에 스며든다.

체념과 포기에 익숙해졌을 법한 나이.

죽음도 깨달음의 길인가?

아니면 재훈의 말대로 내몰린 선택이었는가?

재훈과 선희가 던진 물음의 답안지를 메울 수 있을는지…?

내 피에 흐르는 검은 비

기형적으로 큰 머리, 초점 없는 눈….

돌이 지나도록 돌아눕기는커녕 고개조차 가누지 못하는 아이.

억지로 앉히면 연체동물처럼 비그르 쓰러져버리는 아이.

어미와 눈을 맞추지도 못하고 표정의 변화도 없는 아이.

의사는 약물 중독 아니면, 유전적인 요인으로 나타날 수 있는 염색체 이상이 아닌가 싶다고 말했으나 기대했던 답은 아니었다.

임신 사실을 사랑의 열매라고 기뻐하며 축복의 의미를 담아 승호라는 이름까지 지어두고 기다리던 시부모님은 나조차 괴물 취급하며 고개를 돌렸다.

조금 늦은 결혼이었으나 세칭 일류 대학 졸업, 모든 사람이 선망하는 직장을 잡았고, 또 장래가 촉망된다는 신랑 만나 뭇 사람들의 부러움을 받으며 환하게 웃었건만.

먹고 배설하고 잠을 자고 본능적으로 젖병을 빠는 승호로 인해 나는 죄인이 되었다.

웃음을 잃은 남편은 공부를 더 하겠다며 모질게 외국으로 떠났다.

어떤 위로도 마음에 닿지 않았던, 고통을 혼자 안고 가야 하는 절망, 자존감의 상실, 삶의 의지조차 꺾이던 시간.

인내, 사랑, 모성애, 기다림의 아름다운 덕목은 먼 세상의 묵시록이었을 뿐.

아이와 함께 떠날 채비를 했다.

만약 아버지가 아니었다면 내 무릎에 얼굴을 묻은 채 화석이 되었을 것이다.

"주희야, 네 잘못도 아이 잘못도 아니다. 아마 세상을 행해 골백번 물어도 원인을 말해주는 사람은 없을 것이다. 다른 사람들에게 우리의 재앙은 그저 사는 동안 만날 수 있는 조금 특별한 일일 뿐, 아무도 너를 위로하지 않을 것이다. 설사 위로의 말을 들어도 네 고통이 줄어들지 않을 것이다. 이성적으로 판단해야 한다. 나도 너를 응원하면서 너와 함께 가겠다. 일단 네 외할머니를 만나보거라."

청소년기의 딸 둘을 남기고 갑자기 세상을 뜬 어머니.

명절이나 기일에는 물론 사소한 기쁨의 시간에도 아내를 기억하여 추모와 기념의 의미를 담은 자리를 마련하던 아버지. 대학 시절에 만난 아내를 회상하며 숨을 고르던 아버지.

말썽 없이 자란 자매가 원하는 대학에 진학하고 스스로 자리를 잡아가는 과정을 지켜보는 일이 복이라고 했던 아버지. 그런 아버지를 두고 떠날 수 없었다.

"외할머니요? 지금 어디 시골에 계신다고 하지 않으셨어요?"

처가 쪽 친지들과 왕래가 없으리라고 여겼는데, 아버지에게 처의 어머니조차 특별한 존재였단 말인가?

의아해하는 나에게 아버지는 "우리는 인간에 의해 설계되고 조작된 미궁迷宮을 헤매고 있다!"이라는 모호한 답을 남겼다.

광복 후, 건축업으로 자리를 잡았던 외할아버지가 세상을 떠난 80년 봄, 당시 나는 외할아버지의 갑작스러운 죽음을 살필 수 있는 나이가 못 되었다.

이후 회갑도 넘기지 못하고 가버린 남편의 사업을 이어받아 남도에서 굴지의 건설업체로 키운 외할머니의 모습은 경이롭게 기억한다.

늘 덩치 큰 아저씨들을 끌고 다녔고, 가끔은 무섭게 호통치는 놀라운 장면의 주인공이었던 외할머니. 사람들은 외할머니를 여장부라고 했다.

당시 교사였던 어머니는 소학교만 나온 외할머니가 늘 책을 끼고 살면서 어렵다는 회계학을 독학으로 깨우친 사실에 감탄했다. 그리고 무엇보다 이재에 밝아 광주 변두리에 부동산을 사두었는데 도시가 확장되면서 재산이 엄청나게 불었다고 부러워했다.

외할머니가 재산을 털어 돌봐줄 가족이 없는 정신 지체장애인들을 위한 소망원을 세운 것은 80년대 후반으로 기억한다.

도시 주변에서는 주민들의 민원 때문에 요양원 허가가 나오지 않아서 몇 번이나 쫓기듯 옮겨 다니다가 겨우 서해안 쪽 야산을 매입하여 자리를 잡았다던가.

욕심이 많았던 어머니는 주변 사람들의 반대와 욕을 먹으면서도 뜻을 굽히지 않는 외할머니에게 불만을 드러냈고, 나중에는 돈도 안 되는 시설을 세우고 국가의 도움 없이 자비로 운영했던 외할머니의 행위를 '노망老妄'이라는 표현으로 비난했다.

그런 어머니로 인해 나조차 외할머니와 소원해졌는데, 어머니마저 조금 빠른 나이에 세상을 뜬 후 외가를 찾을 일도 거의 없었다.

이후 외할머니가 가족들의 반대에도 끝내는 소망원 시설과 상당한 부동산을 천주교 재단에 넘겼다던가.

90년대 후반에는 아예 사업을 접고 소망원의 방 한 칸에서 말 못하는 장애인들을 돌보면서 산다는 말은 들었다. 무엇 때문에 그렇게 사는지 의문도 관심도 없었다.

공부에 바빴던 고등학교 시절, 이어서 서울이라는 객지에서 시작한 대학 생활, 그리고 3년간의 외국 유학.

시간이 없다는 핑계를 대며 친가와 외가의 가족 행사에 얼굴을 내밀지 않았으니 외할머니를 찾아볼 생각을 했을 것인가.

겨우 순환기 내과 전문의로 대학병원에 자리 잡은 성희를 통해 간단한 소식을 들었을 뿐이다.

그런데 아버지는 왜 외할머니를 찾으라고 하는지?

한적한 바닷가의 낮은 산골짜기에 자리 잡은 소망원에 들어섰더니, 잡지를 뒤적이던 외할머니는 성호를 그으며 오랫동안 기도했다.

"네 아버지에게 들었다."

"할머니는 뭔가 아실 것 같아서…. 사실대로 말씀해 주세요."

"네 젊은 마음은 이해한다. 하지만 서둘지 말아라. 하느님은 너를 도와주실 것이다."

눈물밖에 나오지 않았다. 참았던 울음이 터졌다.

"나는 오십 년을 너와 같은 마음으로 살았다. 나와 네 이모 대에서 그런 일이 끝날 줄 알았는데…. 너한테 그런 일이 일어날 줄이야…. 오늘은 여기 시설이나 한 번 보고 가거라. 안젤리나 수녀님이 안내해 주실 거다."

지적 장애로 보이는 환자들에게 기초적인 언어와 문자를 가르치는 교실은 미숙한 솜씨로 만든 작품들이 채워져 있었기에 대견하다고 칭찬할 수 있었다.

하지만 승호를 떠올리게 했던 너댓 살로 보이는 아이가 누워있는 온돌방에서 나는 한참 발길을 뗄 수 없었다.

"아직 스스로 일어나려는 의지가 약한 아이입니다."

희망을 버리지 않는 안젤리나 수녀의 뜻이 보였으나, 의지라는 단어가 어울리지 않는 모습이었다.

"그럼 대소변 처리는요?"라고 물으려다 뻔한 질문인 것 같아 그냥 "정말 고생이 많으시네요"라는 말을 남기고 방을 나왔다.

걸어 다니기는 하지만 방향감각이 없다는 아이도 보았다.

아이들뿐 아니라 성인도 만났는데, 50이 넘었다는 남성은 150cm도 안 될 것 같은 작은 키에 아이처럼 침을 흘리며 그저 웃기만 했다. 뒤틀린 몸으로 닭에게 모이를 주던 또 다른 남성은 낯을 가리는 듯 나를 보고 뒷걸음질 쳤다.

장애를 가진 사람에게는 낙원이었을지라도 정상인이 인내심 없이는 볼 수 없는 섬찟한 공간.

할머니는 그곳에서 무엇을 보고 또 무엇을 기다리는가?

"저렇게 된 원인…, 혹시 알고 계세요?"

"개개인이 다르기에 딱 집어서 말씀드리기 어렵습니다. 하지만 우리에게 원인은 중요하지 않습니다. 여기는 현실 그대로 인정하면서 그들의 힘겨운 삶을 지켜주는 곳입니다."

아무것도 인식하지 못하고 누워서 주는 밥이나 먹는 사람에게 '삶'이라니!

가슴이 꽉 막혔다. "수녀님이 대단하십니다"라는 말이 목구멍에서만 맴돌았다.

30명이 넘는 각기 다른 특성이 보이는 환자들을 둘러보는 동안 승호만 생각하며 내 서러움에 눈물만 흘렸다.

내 아픔에 매몰되어 쥐어짜듯 외할머니에게 반나절을 매달렸으나 외할머니는 "설사 원인을 안다고 해도 입증할만한 자료도 없고 인정받을 증거도 없는, 잔인한 인간들에 의해 만들어진 사악한 의혹"이라며 고개를 저었다.

왜 소망원을 세우게 되었느냐는 물음조차 노회하게 피하는 외할머니.

자신이 겪었던 아픔을 외손녀를 통해 다시 보게 된 외할머니의 심사를 헤아릴 수 없었던 나.

"너와 같은 고통을 안고 사는 부모는 의외로 많다. 젊은 네가 아이에게 매달릴 수만은 없는 노릇, 아이를 데려오너라. 아이의 삶을 내가 지켜주마"라는 답만 들었다.

막내 이모 김선혜.

나이 차가 많지 않아 언니 같기도 했고, 또 어머니 없는 우리 자매, 특히 동생 성희를 많이 챙겨주었던 점 때문에 이따금 전화를 주고받는 사이였다.

대학 재학 시 지역의 미인대회에서 입상했던 김선혜.

대학 선배였고 친구의 오빠였던 이창우와 연애로 결혼했으나 3년 만에 이혼, 그런데 김선혜는 기이하게도 이혼 후 이창우가 다른 여자와 동거하여 낳은 승주라는 아이의 엄마가 되었다.

연유를 알 수 없으나 동거하던 여자가 아이를 두고 집을 나간 후 그 아이를 이창우가 여동생에게 맡겼는데, 이혼 후에도 이창우의 여동생과 시누이 올케의 인연을 유지하고 있던 김선혜가 그 집을 드나들면서 그 아이에게 정을 붙이고 마침내 자식으로 입적시켰다던가.

오래전, 성희로부터 간략하게 들었던 사연이 궁금하여 찾아간 자리에서 김선혜는 "나를 엄마, 엄마하고 따르는데 전생의 인연 아니고는 설명할 수 없는 일이다"라며 그날도 "승주 유치원 자모회의에 다녀왔다"라며 감격스러워했다.

대학병원에 자리잡고 김선혜와 가까이 지냈던 성희를 통해, 이창호와 재결합 그리고 승주라는 아이가 초등학생이 되었다는 소식을 들으면서 매우 의도적으로 기획된 만남, 한편의 드라마 같은 사연이 흥미롭다는 생각도 했으나 나에게는 여전히 타인의 삶이었을 뿐이다.

광주의 신개발지구에 자기 명의의 탄탄한 부동산을 소유하고 이름이 알려진 한우전문점을 운영 중인 김선혜.

"소망원에 갔다더니 무엇을 알아내고 온 거야?"

가게에 들어서는 내 낯빛을 본 김선혜가 먼저 물었다.

"그곳 환자들만 보고 왔어. 할머니가 그곳에 계시는 이유가 뭐야? 이모는 뭔가 알고 있지?"

다급한 내 물음에 김선혜의 답은 지체함이 없었다.

"내가 중학생 때였을 거야. 나는 우연히 엄마와 네 아버지의 이야기를 들었어. 그날 큰언니네 두 아들이 그렇게 된 원인이 히로시마의 원폭 때문이며 우리 집안의 우환이라고 알게 된 것이지. 난 엄마와 큰언니를 보면서 어린 마음에도 그런 비극이 나한테도 나타날 개연성이 크다는 사실을 직감했어."

"그럼 외할머니에게도 문제가 있었던 거야?"

"네 큰외삼촌은 어려서 죽고 내 위로 아들을 둘이나 낳았지만 둘 다 정상이 아니었고, 또 일찍 죽었다고 들었는데 그건 나도 자세히 듣지 못했어."

"그럼 그런 이야기를 미리 좀 해주지⋯."

"세상에는 인간이 밝힐 수 없는 인과관계가 있다고 했어. 설마 너에게 그런 일이 나타날 줄 상상하지 못했는데⋯. 나도 많이 아팠다."

김선혜를 통해 히로시마가 하나의 단서가 될 수 있다는 사실, 외할머니가 낳았다는 장애를 가진 두 아들과 큰이모의 두 아들 그리고 내가 낳은 승호 사이에 연결되는 끈이 있음을 추정 가능했으나, "원인을 안다고 해도 입증할만한 자료도 없고 인정받을 증거도 찾을 수 없을 것이다"라고 했던 외할머니의 설명을 넘을 수 없었다.

어디인지 알 것 같은데, 아무도 가는 길을 알려주지 않은 곳, 누구에게도 물을 수 없는, 미로에 갇힌듯한 막막함.

"아마 네 할머니가 아이는 맡아주실 거다. 돌이킬 수 없는 일에 매달리지 말고 마음 단단히 하면서 네 길을 찾도록 해라. 나도 도우마."

겨우 '미궁'이라고 했던 아버지의 말뜻을 조금 이해할 수 있었다.

오랫만에 만난 큰이모 김금자.

먼저 히로시마에서 무슨 일이 있었는지 물었더니

"알면 뭐 하느냐?"고 좀처럼 입을 열지 않았다.

아마 두 아들을 잃고 남편마저 보낸 동병상련과 측은지심을 자극하는 내 눈물이 없었다면, 비록 어린이의 눈으로 보고 겪었던 히로시마의 기억조차 들을 수 없었을 것이다.

"우리가 살았던 곳은 히로시마 서쪽 고이[己斐]산 서남쪽에 자락에 자리를 잡은 히가시타카수[東高須]라는 조용하고 전망이 좋은 마을이었다. 나란히 달리는 철도와 전찻길 너머로 오타강 방수로가 보이고 방수로를 건너면 미쓰비시 조선소가 있는 간논마치였다. 히가시타카수의 동쪽에 있던 미쓰비시 조선소까지는 직선으로 2km쯤 떨어져 있어 건물이 훤히 보였다. 비록 남의 나라였지만 살기 괜찮은 곳이었지. 그날 학교에 가야했어. 그때 나는 소학교 1학년, 네 엄마는 네 살, 죽은 네 삼촌은 백일쯤 되는 아기였다. 아버지는 집수리를 하고 계셨어."

추억을 더듬는 듯 생소한 지명을 들먹이는 큰이모의 기억은 당시 어린이의 눈으로 본 장면과 경험에 한정되었기에 내 의문에 답은 아니었다. 하지만 이상하게 1945년 8월 6일 아침 당시의 상황 설명을 놓치고 싶지 않았다.

"여름방학 아니었어요?"

"방학이라고 해도 날마다 동원이었지. 그래서 꾸무럭거렸는데 아버지는 등교를 재촉했어. 그때 네 외할머니는 내 심정을 이해하고 감쌌다."

"학교에서 무슨 일을 했어요?"

"소학생들이 근로봉사를 하면 얼마나 하겠어. 우리는 일학년이었기에 상급생들이 학교 뒤에 대피호 만드는 일을 구경했지. 그런 동원보다 더 싫었던 일은 히로시마 시내서 온 애들이 우글거리는 학교란 마치 굴러온 돌이 박힌 돌을 밀어낸 꼴이었기 때문이었어. 히로시마 공습을 피해 타카수 같은 변두리 친척 집으로 소개疏開된 아이들이었는데 우리 마을 아이들과 옷차림이 달랐으며 선생님을 대하는 태도도 달랐다. 아이들은 교활하게도 선생님 앞에서는 약자로 변신하여 자신들이 피해자인 것처럼 굴었지만 선생님은 진실을 몰랐어. 그렇다고 불만을 표현하기에는 아직 조리가 서지 않았고, 모든 것을 이해하고 흔쾌하게 받아들이기에는 너무 어렸다. 더구나 기존 학동들 가운데는 나와 같은 조선인 자녀들도 몇 있었는데 히로시마에서 온 아이들은 노골적으로 조선인에 대한 반감을 드러냈거든. 선생님한테 그런 사정을 말해도 선생님마저 '사이좋게 지내야 하는 거야. 너희들이 조금만 양보하면 돼'하면서 히로시마 시내에서 온 아이들을 감쌌으니 어린 마음에도 선생님의 그런 태도가 못마땅했어. 부모님께 그런 기분을 설명했어도 아버지는 소학교 일학년 아이의 말 따위쯤 대수롭지 않게 여기셨지. 그래서 미적거렸던 거야."

어린 시절의 경험을 장황하지만 진지하게 기억해내는 이모.

진실성 여부를 확인할 수 없고 공감할 수도 없는 이야기.

하지만 막고 싶지 않았다.

"적당히 습기를 머금은 청명한 날씨도 학교 가는 길을 머뭇거리게 했다. 타카수 소학교는 우리 집에서 좀 더 올라간 숲속에 자리 잡고 있었다. 느릿느릿 비탈길을 오르는데 비행기 소리가 들리더구나. 늘 들었던 소리였기에 등교하는 아이들은 태평했어. 비행기도 멀리 보였고 공습경보가 해제되었다는 어른들의 말도 들었기 때문이었지."

역사에 기록된 [에노라 게이]라는 이름을 가진 B-29 폭격기였다.

"비행기는 폭격 없이 이내 사라졌는가 싶었는데 갑자기 번쩍하는 황색 빛과 함께 하늘이 찢어지는 듯한 폭음이 들렸어. 바로 위에서 폭탄이 터지는 것 같아 반사적으로 마을의 방공호를 찾아 뛰기 시작했다. 몸이 휘청거릴 정도로 센 바람에 나는 길바닥을 뒹굴었지. 순간 히로시마 시내쪽을 보니 고이산 너머로 주황색과 보라색이 섞인 회색 구름이 버섯처럼 피어올랐다."

이모는 [리틀보이]라는 귀여운 애칭의 원자폭탄이 폭발했던 상황을 그렇게 묘사했다.

"무섭기만 했다. 방공호로 가려던 생각을 바꿔 벌떡 일어나 집을 향해 달렸다. 몇 차례 뒤쪽에서 누군가 끌어당겼다가 갑자기 놔주는 것 같아 넘어질 뻔했다. 아주 큰 사고가 터졌다는 생각이 들었고 그냥 무섭기만 했어. 조용하던 마을 사람들은 저마다 집 밖으로 나와 마을의 방공호로 달리고 있었다. 내가 엄마를 부르며 집으로 들어가려 했더니 이웃에 사는 일본인 할머니가 '폭탄이 떨어지니까 집으로 들어가면 위험해요'라며 말렸어. 나는 얼떨결에 뒷걸음질 치며 엄마를 부르며 울었지. 아버지와 어머니, 그리고 동생들이 하나도 보이지 않았던 거야."

일곱 살 아이의 절망을 실감할 수 없는 나.

"긴짱, 울지 말고 나를 따라와요. 그렇게 말하는 마을 할머니를 따라가니 이웃들이 공동으로 쓰는 방공호 앞에 사람들이 모여 있었다. 겨우 정신을 차리고 주변을 돌아봤어. 어머니와 동생들이 무사함을 확인했으나 아버지는 보이지 않았다."

"외할아버지는 이모를 찾아 나섰던 거예요?"

"어머니가 가리키는 니시타가수 쪽에서는 몇 집에 불이 붙어 타고 있었어. 그런 집들은 폭격을 맞은 줄 알았는데, 폭발 당시의 열선에 노출된 목조건물에 불이 붙어 네 외할아버지는 마을 젊은이들과 그곳에서 불을 끄고 있었지. 다행히 우리 마을은 뒤로 고이산이 가려주었기때문에 원폭의 강한 바람과 열기를 직접 받지 않아 불의 피해는 면할 수 있었던 거야."

"그렇다면 그때 그곳 사람들은 원자폭탄을 알고 있었을까요?"

"어른들은 휘발유를 뿌리고 소이탄을 떨어뜨렸다는 둥 많은 이야기가 오갔으나 원자폭탄이라는 사실은 내가 자란 뒤에야 알았어."

당시 기록에 의하면 일본인들도 원자폭탄 투하 사실을 몰랐다고 했다.

"이후 어떻게 하라는 지시도 없었어. 공습이 끝났다고 알려주던 사이렌도 들리지 않았다. 히로시마에 친척이 있거나 가족이 있는 사람들은 안절부절, 히로시마의 상황을 종합적으로 설명해 주는 어른들도 없었다. 모두 방공호 밖으로 나왔지. 그런데 갑자기 하늘이 캄캄해지더니 검은 비가 떨어지기 시작했다. 새카만 빗방울에 사람들은 놀라 방공호 안으로 뛰어들었다. 회색의 하늘에서 소나기처럼 쏟아지던 검은 비는 잠시 숨을 돌렸던 사람들을 다시 공포로 몰아넣었다. 어른들은 말을 잃었다. 아이들도 숨소리조차 크게 내지 않았다."

사람들은 당장의 불안과 공포에 숨죽였을 것이다. 인류 최초의 원자폭탄이 남긴 상처가 얼마나 깊고 그 후유증이 어떻게 남을지 몰랐으리라.

"마을의 여자들과 아이들은 어두컴컴한 방공호 안에서 손을 비비며 빌고 있었을 뿐이다. 검은 비가 그치고 불을 끄러 갔던 네 외할아버지가 돌아와서야 방공호를 나왔다. 하늘은 언제 그랬냐는 듯 개어 있었다."

"그날 일이 오빠들에게 영향을 주었을까요?"

"사람들은 조상님 묘자리가 나쁘거나 집안의 피내림 때문이라고 하지만 따지면 뭘 하겠냐. 네 외할머니 말대로 다 하느님의 뜻이겠지."

"더 기억나는 일은 없어요?"

"날씨도 덥고 모두가 제정신이 아니었다. 식구들과 집으로 갔더니 집의 골격은 그대로였지만 귀신이 휩쓴 듯 깨진 유리조각은 다

다미방과 부엌에 깔려 있었고, 벽에 걸어둔 옷이며 사진 액자는 방바닥에 떨어져 먼지를 뒤집어썼고, 부엌의 찬장도 넘어져 그릇은 깨지고 벽에 걸어둔 도마와 밥상도 바닥에 떨어져 뒤집혀 있었다. 그런 집안을 네 할아버지와 할머니가 다 치웠다. 나하고 문자는 네 삼촌을 데리고 놀았어."

"나중에 들었던 이야기는 더 없어요?"

"마을에 우리 말고도 조선 사람들이 제법 살았어. 내 또래의 아이들이 했던 이야기는 기억에 없고 우리 위 또래의 언니 오빠들은 조선이 해방되었다는 이야기들을 했던 것 같아. 그러면서 고향의 개념이 없었던 나는 일본에서 더 살 수 없게 되었다는 말에 걱정도 했지."

1945년 8월 6일, 원폭에 관한 이모의 기억은 거기서 나가지 못했다.

하긴 당시 소학생이던 이모의 처지에서 알 수 있는 일도 많지 않았을 것이다.

이모는 박영애라는 큰딸 밑으로 창선 창언이라는 두 아들을 낳았는데 짧은 생애를 아프다가 죽었다고 말했을 뿐 태어났을 당시의 상태나 외모 그리고 성장 과정의 인지 능력 등에 관해 전혀 이야기하지 않았다. 기억하여 들추고 싶지 않다는 뜻으로 이해했다.

히로시마의 원폭과 승호의 중중 장애가 연관 있다는 심증을 굳혔으나, 그것만으로 '미궁'이라는 의문을 풀어줄 열쇠는 못 되었다.

2010년 봄, 태어나서 혼자 걷기는커녕 제대로 앉지도 못하고 누워

지내던 내 아들 승호는 저 세상으로 갔다.

어쩌면 사랑 없이 자신을 바라보는 부모의 분노와 원망, 주변 사람들의 동정과 혐오를 알아차린 아이가 스스로 세상을 떴는지도 모른다.

죽음은 또 다른 깨달음으로 남는가.

승호에게 정을 붙이지 못했던 자신이 부끄러웠고 죄의식만 키웠다.

주변 사람들은 그저 잊으라고만 했다.

하지만 고통 없이 회상할 수 있는 일이던가.

그 무렵, 임신을 자신의 정기精氣가 실체를 보여준 오묘한 선물이라고 환호했던 남편은 가볍게 이혼을 요구했다.

승호의 죽음을 전했듣고도 담담한 그가 원망스러웠으나 매달리고 싶지 않았다.

어려운 경쟁을 뚫고 차지했던 공영방송의 기자라는 명함도 버렸다.

자신만만했던 치기는 좌절과 절망과 자포자기의 안개에서 헤어나지 못했다.

그때도 아버지와 외할머니가 아니었다면 나는 생의 목표를 잃었을 것이다.

"나도 너처럼 헤맸던 시간이 길었다. 인내와 헌신, 사랑과 믿음 그리고 자신을 용서하라는 덕목을 가슴에 새겼지만 견디기 어려운 세월이었다. 이제 잊어라."

부모에게 외면당한 망자들의 영혼이 잠든 공간에 재가 된 승호를 나무 아래 뿌리던 날, 외할머니는 눈물도 메말랐던 나의 등을 쓰다듬었다.

"이곳은 의사도 원인을 알 수 없는 아이들이 대부분이다. 자신이 기초적인 희망을 간신히 표현하는 경우도 없지 않으나 그 수는 많지 않아. 나이 먹은 유아들과 같다고 보면 된다. 딱한 일은 그런 아이들 대부분이 부모에게 버림받았다는 사실이다. 그런 아이들에게 자신이 그렇게 된 이유를 묻는다면 답을 들을 수 있을까? 살아있는 나무에게 과거 어느 날에 있었던 사건을 들으려는 억지밖에는 아니다."

외할머니와 문답.

"천구백사십오년 팔월 육일, 그날 네 외할아버지는 아침부터 나무가 삭아 아귀가 맞지 않은 부엌문을 고치고 있었다. 뒤틀린 문틀과 삭은 나무 때문에 경첩이 망가져 문이 제대로 닫히지 않아 가벼운 바람에도 덜렁거리는 문짝이었어. 목조건물이고 워낙 낡아 제대로 고치려면 문틀을 전부 바꿔야 될 형편이었지만 남의 집을 빌려 사는 터라 돈 들이고 싶은 생각이 없어 미루었던 일이었다. 설거지라야 그릇 몇 개뿐이니 일이라고 할 수 없었다. 나는 설거지를 미룬 채 그해 오월에 태어난 대훈을 안고 처마 그늘에 서서 네 할아버지가 하는 일을 지켜보고 있었다. 네 외할버지는 솜씨가 뛰어난 목수였다. 보통학교를 나와 어려서부터 이름난 대목장에게 배웠고 그 스승의 소개로 일본에 가서는 목조 가옥을 수리하는 기술자로 살았는데, 네 할아버지의 세심하고 정확하고 정교한 솜씨는 일본인들도 따르지 못했어. 망치와 톱과 끌과 대패만 있으면 못 하나 쓰지 않고 집을 짓고 고쳤으니 말이다."

외할머니의 말에 다소 과장이 섞였겠지만, 외할아버지가 목수에서 건설업자로 성공한 이면에는 그런 솜씨도 힘이 되었을 것이다.

부분적으로 큰이모 김금자의 이야기와 일치했다.

"사는 형편도 보통 조선 사람들보다는 괜찮았어."

비록 남의 나라일지라도 생활이 어렵지 않았고, 거기에 두 딸에 이은 아들의 출생이 부부를 살맛나게 했으리라.

"그날 아침, 비행기에서 떨어지는 폭탄도 보았다는 사람도 있고 버섯구름을 봤다는 사람도 있었지만 나는 아무것도 못 봤어. 갑자기 노란 빛을 뿜은 번개에 이어서 들리는 폭음에 혼겁하여 대훈이를 품에 안고 문자와 함께 가까운 방공호로 달렸지. 몇 번 폭풍에 흔들리듯 몸을 가누기 어려웠기에 다른 생각을 하고 주변을 살필 여유도 없었다."

"혹시 그때 할아버지와 할머니가 방사능에 피폭된 것 아닐까요?"

성급한 물음에도 한참 골똘히 생각하던 외할머니.

"한순간의 빛이 남긴 상처라고 믿고 싶지 않았다. 마음에 걸렸지만 그럴 수 없는 일이라고 고개를 저었다. 지금까지 누구한테도 말 못 했다. 이제는 고해성사하는 심정으로 말하겠다. 네가 새로운 삶을 찾는 데 도움 되었으면 한다."

고해성사라고? 이상한 전류가 머리에서 가슴으로 흘렀다.

"천구백사십오년 팔월 십육일, 경황 중에도 점심을 먹자고 집으로 갔더니 집안은 난장판이었다. 부엌문을 고치려고 떼어 놓은 통에 부엌살림도 원폭 후 폭풍의 영향을 많이 받았기 때문이었어. 금자와 문자에게 우리 대훈이를 맡기고 네 외할아버지와 우선 안쪽부터 치웠지."

잠시 말을 끊은 할머니는 경계하듯 주위를 두리번거렸다.

"그런데 한참 일을 하다 보니 배도 고프고 갈증도 나더구나. 우리 집에는 우물이 없었어. 그래서 이웃의 샘에서 물을 길어다 먹었는데 식수통은 부엌문 앞 바깥에 두고 나무판으로 만든 뚜껑을 덮어 두었지. 그런데 물을 먹으려니 그 뚜껑이 원폭 바람에 날아갔어. 성한 그릇을 찾아 그 물을 떠 마시면서 어째 맛이 좀 이상하다고 느낌이 왔지만, 새벽에 길러온 물인데 어쩌랴 싶어 네 할아버지에게도 권했어."

"께름했다면서 그 물을 마셨단 말이예요?"

"그랬어. 이상한 냄새도 난 것 같았지만 우에만 좀 걷어 내버리면 괜찮을 줄 알았지. 그리고 그 물을 금자와 문자에게도 먹였어."

그러면서 미간을 찌뿌린 외할머니.

"하!" 그다음 나의 말은 목에서 멈췄다.

"통에 있는 물을 거의 먹었을 때 밑에 가라앉은 먼지를 봤다. 히로시마에서 날아온 재였다. 검은 비속에 섞여 떨어진 재라는 생각에 역겨웠지만, 네 할아버지와 아이들에게 말할 수 없었다. 당장 아이들이 배탈이라도 나지 않을까 하는 걱정을 하며 살폈으나 식구들에게 이상은 발견되지 않았다. 해방이 되고 대훈이는 한국에 나온 다음 해 가을 함평 큰집에 갔다가 거기서 죽었어. 체했다고 했으나 정확한 원인은 모른다. 그 후 다시 아들을 임신했으나 사산이었고, 셋째 아이는 백일도 못 넘기고 죽었다. 그땐 뭐가 잘못되었는지를 알 수 없었다. 그러다 네 큰이모가 낳은 두 아들을 보면서 우연이 아니구나 하는 생각을 하게 되었지. 왜 여아는 괜찮은데 고추 달린 사내들만 그 모양이었는지…. 나는 도가 높은 성인들의 깨달음의 순간이나 기회가 어떤 경지인지는 알 수 없다. 그렇지만 보통 사람도 자신을 다시 보고 깨닫는 경우가 있다. 네 할아버지가 백혈병으로 죽은 후에 피폭자들에 들었던 원자병 때문이라는 의심은 들었으나 누구에게도 말할 수 없었다. 그러다가 암으로 죽은 네 엄마도 그렇지만 너에게 일어난 일을 보면서 나는 다시 그날 오전 우리가 마셨던 물이 의혹의 한 점이라는 생각을 했다. 지금도 나는 그렇게 믿는다."

히로시마와 검은 비, 그리고 물.

방사능에 오염된 물이 인간에게 치명적이거나 유전자에 영향을 준다는 사실은 이미 상식이다.

외할머니의 말이 다시 내 머리를 쳤다.

"내 탓이다. 너와 승호의 만남도 내 탓이다."

그리고 할머니는 주먹으로 가만히 가슴을 쳤다.

그렇다면 외가의 비극이 검은 비에서 시작되었단 말인가?

방사능에 오염된 물이 '미궁'의 열쇠라는 말인가?

또 당시 방사능에 오염된 물을 먹었던 사람이 한두 사람이 아닐 터인데 어떻게 외가에만 똑같은 후유증으로 나타났다는 말인가?

더구나 광복 후 대한민국에서 낳았다는 외삼촌들은 사람 구실을 못 하고 죽었으나, 1955년 생인 막내 이모는 정상이다.

큰이모의 두 아들은 선천적인 장애를 안고 태어났으나 그들에 앞서 태어난 큰딸 박영애는 정상이다. 그리고 박영애는 결혼해서 딸만 둘을 두었는데 탈 없이 잘 자랐다.

내 어머니도 딸만 둘을 낳았는데, 큰딸인 나도 그렇지만 동생인 성희도 건강상 문제가 있다는 말을 들은 적이 없다.

그런 일련의 과정을 "내 탓!"이라고 가슴을 치는 외할머니를 어떻게 이해한다는 말인가?

얄팍한 지식으로 외할머니와 이모의 경우, 원자폭탄의 방사능에 의해 변형된 염색체는 여성들에게는 열성인자가 되고 아들에게는 우성인자가 되어 장애가 나타났으리라는 추리만 가능했다.

그렇다면 의문은 또 남는다.

만약 엄마도 아들을 낳았다면, 아니 내가 아들이었다면 사촌 오빠들처럼 되었을까?

과연 피폭자의 검은 상처는 하필 여성에게만 검은 선으로 이어진다는 말인가?

"네 이모네 두 아들이 그렇게 된 후 틈만 나면 각종 자료를 뒤적였어. 국가 기관에 질문도 했고, 피폭자로 인정된 사람들을 치료한다는 경상도의 병원도 찾았다. 하지만 우리처럼 이대에 걸쳐 아들만 키우지 못한 경우는 들을 수 없었다. 그리고 명확하게 피폭의 후유증이라고 답을 준 사람도 없었다. 일본에도 히로시마 원폭 후유증으로 인해 기형 등 장애를 가지고 태어난 아이들이 많았고, 유독 피폭지를 중심으로 백혈병 환자의 비율이 높다는 통계가 있다. 하지만 일본 정부는 그런 결과가 원자폭탄 피폭 때문이라는 사실을 인정하지 않는다고 했다. 지금도 원자병의 원인과 실태는 보통 사람이 접근 불가능한 영역이라고 한다."

내가 알아본 바로도 당시 히로시마 부근에서 살았다는 사실, 그것도 원폭으로 당한 히로시마 변두리에서 살았다는 사실만으로 외가 식구들이 법률적으로 보호받을만한 증거는 될 수 없었다.

더구나 히로시마 근처에도 가지 않은 내가 원폭과 연관성이 있다고 인정받을 길은 찾을 수 없었다.

"당시 나라 잃은 히로시마에서 우리 백성들이 최소 삼만 명가량 사망했다고 들었다. 겨우 목숨을 건졌으나 대대로 이어지는 고통에 시달린 사람의 숫자는 아무도 모른다. 일본은 물론 해방된 우리나라도 실태조사조차 하지 않았기 때문이지. 그런데 이제 그럴 수밖에 없었던 원인은 묻히고 왜곡되었으며, 죽은 이들의 원혼을 달랜다는 의식은 엉뚱하게 평화를 강조하는 정치적 행사로 변질되었다. 주희야, 왜 하필 나인가 하는 슬픔과 분노와 원망에서 벗어나야 한다. 사랑은 하느님이 우리에게 가르쳐주신 선한 길이다. 하느님을 배반한 인간들이 만든 사악한 죄, 그 죄의 불을 맞은 너와 내가 겪었던 아픔만이라도 글로 써서 하느님께 바쳐라. 하느님은 우리 주희를 버리지 않으실 거야."

원자폭탄, 화염과 폭풍, 검은 비, 그리고 그 물을 마셨던 외할머니.

찰나의 빛이 새긴 깊은 파장, 천형으로 여겼던 자신의 깊은 상처를 죽은 예수를 품에 안은 성모 마리아의 모습에 공감하며 소망원을 세웠던 외할머니.

자신이 당한 아픔과 고통을 자신이 가진 것을 다 바치는 헌신과 희생과 사랑으로 '승화昇華'시켰단 말인가!

지난 2012년 2월 초.

아버지 그리고 성희와 함께 입원해있던 외할머니를 찾았더니 야윈 몸을 일으켜 앉아 성희에게 중요한 이야기를 남겼다.

낮은 소리 조금씩 끊기는 숨, 발음이 흐려진 소리.

"나는 이혼을 감수하면서 임신을 거부했던 선혜의 독한 결정을 이해한다. 마리아, 너는 의사이니까 더 현명한 선택을 하겠지. 지금처럼 믿음을 가지고 멀리 그리고 높은 곳을 보며 살아라."

손을 잡은, 미혼의 손녀 성희에게 결혼하더라도 아이에 대한 집착을 포기하라는 뜻을 담은 우회적인 충고.

그리고 아버지에게 "정서방, 끝까지 문자에 대한 사랑을 지켜주고, 내 피에 흐르는 검은 비를 운명으로만 여겼던 나에게 깨달음의 길을 열어준 자네가 고마웠네. 하느님과 만남은 기적이었고 평화였어"라는 감사의 말까지.

외할머니의 손을 잡고 눈물짓는 아버지.

1916년생으로 오연이吳蓮伊라는 이름보다 [데레사 할머니]로 불리던 96세의 외할머니는 우리가 문병한 지 불과 이틀 후, 세상과 작별했다.

인간에 의해 만들어진 미궁!

진실에 접근하는 길도 묘연해진 미궁의 세계!

장모의 뜻에 공감하며 뒤에서 조용히 도왔다는 아버지, 혹시 아버지는 미궁의 벽에 등을 기대고 불안한 눈으로 딸의 운명을 지켜보았던 것은 아닐까?

내 피에 흐르는 또 다른 의혹의 하나다.

그해 유월 그믐날

－히로시마 원폭 현장에서 버려진 징용공 아버지의 생사를 전해 준 정주선의 구술과 여러 자료를 재구성한 소설 아닌 小史이다. －

그날, 8월 6일 아침.

정주선鄭柱宣은 미나미간논마찌[南觀音町]의 미쓰비시 조선소를 뒤로하고 히로시마 시내로 가는 트럭 위에 올랐다.

새벽에 1진이 출발했다는 사실을 들었는데 뜻밖의 추가 동원.

세카이도 내해에서 불어오는 짙은 갯내음을 들이쉬며 돌아보니, 주고쿠[中國]산맥에서 발원하여 여섯 개의 줄기로 히로시마를 관통하는 오타강 하구의 듬성듬성 갈대가 펼쳐진 삼각주 주변은 미쓰비시 중공업과 연관된 공장뿐이다.

그런 건물 한 귀퉁이에 자신이 입소해 있는 감옥 같은 숙소의 지붕을 어림하는데 달리는 트럭은 그런 주선을 그냥 두지 않았다.

보고 싶어도 볼 수 없고, 마음대로 말도 할 수 없는 처지.

손발은 있으나 해야 할 일이나 가야 할 곳도 선택할 수 없는, 사방이 보이지 않은 그물에 갇힌 신세.

공장 안에 있으나 밖에 있으나 자유롭지 못하기는 마찬가지였으나, 거대한 기계와 철판에서 풍기는 쇠 냄새에 찌든 젊은 징용공들에게 비록 험한 소개疏開작업일지라도 공장 밖으로 동원은 잠시 숨을 고르는 시간이었다.

한여름인데도 칙칙한 '곤색' 긴소매 작업복의 소매를 걷어부친 열두 명의 조선 징용공들.

"어디로 가는 거야?"

누군가 조금 들뜬 소리로 물었다.

하지만 어디로 가서 무슨 일을 하게 될지 안다고 한들 말할 수 있을 것인가.

노비 아닌 노비가 되어 감시받고 끌려가는 처지, 피할 수 없는 길이다.

"어제 공습에 무너진 건물더미에서 시체 치우는 일이나 시킬 텐데 뭘."

주선의 곁에 몸을 붙이고 서 있던 김산하金山河의 냉소적인 중얼거림이었다.

방공호를 파게 하거나 일본인들이 꺼리는 소개작업에 동원되는 징용공의 처지를 비관하고, 시키는 대로 할 수밖에 없는 처지에 대한 체념과 울분이 담겼다.

그런 산하의 중얼거림을 들으며 주선도 가만히 고개를 끄덕였다.

운전석 뒤의 걸대를 잡고 몸의 균형을 유지하고 있는 인솔자인 후지사키 반장만이 행선지를 알 것이다.

또 조선의 젊은이들이 무엇을 궁금해하는지 모르지 않았을 것이다.

나이가 50이 넘은 일본인으로 조선인들에게 무난하다는 평을 듣는 후지사키.

어쩐지 후지사키의 옆 모습이 어둡다고 느끼고 있는데, 산하도 그것을 본 것인지 주선의 귀에 대고 말했다.

"후지사키한테 무슨 일이 있었던 거야? 얼굴이 왜 저리 죽을 상이야?"

"글쎄. 윗사람들한테 한 소리 들은 모양이지?"

짐작할 수 없다는 듯 고개를 갸웃거리는 산하.

주선에게도 좋지 못한 예감으로 남은 의문이었다.

히로시마 외곽의 후쿠시마로 가는 듯하던 트럭은 오타강 지류의 다리를 건너지 않았다. 강을 끼고 가는 도로를 따라 차는 북쪽으로 달리더니 바로 히로시마의 중심지인 텐만쵸[天滿町]로 향했다.

공습에 다리가 날아간 것인지 아니면, 트럭의 행선지를 위장하기 위한 움직임이었는지 모를 일이다. 주선과 산하는 나란히 서서 전찻길을 따라 펼쳐지는 거리의 풍경과 사람 냄새가 풍기는 시가지를 살폈다.

커다란 연병장 옆을 지날 때 침묵하던 후지사키가 일행을 향해 입을 열었다.

"저곳은 대 일본 제국의 주우고쿠[中國] 104부대야. 저 뒤쪽이 히로시마 성이지."

비록 본토까지 공습당하는 처지이긴 하지만 아직도 본토 결전을 앞둔 일본군대는 건재하다는 과시였다. 조선에서 끌려온 징용공들에게 은근히 겁을 주는 말이기도 했다. 후지사키 역시 어쩔 수 없는 일본인이었다.

주선에게 나라는 늘 회색 구름 속의 실체 미상이었다. 그렇다고 내선일체[內鮮一體]라는 구호에 동의했던 것도 아니었다. 일본이 내 나라가 아니라고 생각하면서도 감히 부정할 수 없었던 세월. 그저 생사는 개인의 운명이라고 체념했던 세월.

"내일이 유월 그믐, 올해는 철이 늦지만 그래도 고향 논에 김매기는 끝났을 테고…, 벼들은 쑥쑥 모가지를 내밀고 있겠지?"

산하의 한숨에 정주선도 고향에 있는 부모 형제들은 떠올리며 고개만 끄덕였다.

공습당한 건물의 잔해를 헤집고 시체 찾는 일에 동원이라고 여겼는데 의외로 트럭은 시내 복판의 히로시마 체신병원 정문으로 들어서더니 건물 동편의 나무 그늘에 멈추었다.

이미 연락이 된 듯 병원밖에서 기다리고 있던 하얀 가운을 입은 사내가 후지사키에게 다가와 악수를 건네고 건물 안으로 끌었다. 후지사키의 마지막 모습이었다.

나무 그늘에 주차시킨 운전수는 차에서 내려 화장실로 달렸고, 화물칸에 타고 있던 징용공들도 누가 먼저랄 것 없이 뛰어내렸다.

다음 지시를 기다리며 [체신병원] 건물 주변을 두리번거렸던 아침 8시 10분 경.

맑은 하늘과 빛나는 태양.

"저거 공습기 아냐?"

누군가 하늘의 비행기를 발견하고 그런 말을 했으나, 주선은 화장실을 찾았다.

이기는 전쟁이라고 큰소리를 치던 정부의 발표와 달리 한낮에도 미국 B-29 폭격기들은 일본 하늘을 마음대로 날아다녔다. 폭격의 피해는 일본인들만 당하는 일이 아니었다. 남의 땅에 끌려와 차별 속에 멸시와 구박을 받고 살아가는 조선인들이라고 예외를 두지 않았다. 공습경보가 울리면 정해진 방공호에 몸을 감추는 수밖에 없었던 조선인들.

그날 히로시마에 공습경보는 해제된 상태였기에 비행기의 출현에도 조선인들은 겁내지 않았다.

설사 공습경보가 울린 상황이었다고 하더라도 사람들은 조급하게 굴지 않았을 것이다. 경험적으로 비행기와 그 정도의 거리면 폭탄의 위력이 자신에게 미치지 않으리라는 판단 때문이었다.

낮게 날던 두 대의 비행기가 급상승하는 것이 보였다.

"정찰 나온 비행기 같지 않은데?"

"어! 뒤에 가는 비행기가 뭔가 떨어뜨리잖아."

조선인들의 말이 뒤섞였으나 누군가는 "삐라겠지"라는 무심한 말도 들렸다.

낙하산에 매달려 건들거리는 한 점.

그것이 인류가 만든 '리틀보이'라는 애칭을 가진 최초의 원자폭탄이라는 사실을 아는 사람은 아무도 없었다.

불과 40초 후 수만 명이 한꺼번에 죽고 수십만 명이 다치는, 인류 사에 기록될 대재앙의 순간이 다가오고 있음에도, 조선의 젊은이들은 아무런 예감조차 없이 그야말로 완전한 무방비 상태에서 트럭을 중심으로 앉거나 서서 사실상 죽음을 기다리고 있었다.

주선이 하늘을 보며 참 깨끗하다고 생각하면서 담에 붙어있던 붉은 벽돌의 화장실 안으로 들어가고 먼저 일을 본 산하가 화장실로 밖으로 나오는 순간 하늘의 '리틀보이'는 오렌지 빛을 내뿜었다.

인류가 만들어낸 최악의 폭탄은 0.1초 후에 폭풍이 되었다.

순식간에 사방은 검은 구름에 뒤덮였다.

주선은 반사적으로 화장실 바닥에 주저앉았다.

"엎드려." 하는 산하의 소리가 들렸다.

아득한 곳에서 "방공! 방공!" 하는 말도 들렸다.

병원의 지리를 알았다고 해도 방공호를 찾을 틈이 없었다.

고개를 돌리는 주선의 눈으로 노란빛이 파고들었다. 눈알이 따끔거렸다.

몸이 휘청 공중으로 뜨는 느낌이었다. 무엇인가 자신의 등을 찍는 것 같았다.

하지만 아픔을 느낄 틈이 없었다.

주위를 분간할 수 없이 어두워졌다.

다시 뒤에서 폭탄이 터진 듯 "콰다다당" 하는 소리도 들렸다. 폭탄은 자신을 겨냥해 떨어지는 것 같았다. 이제 죽는구나하는 생각도 들었다. 입안은 모래를 먹은 것처럼 서걱거리고 목구멍도 아팠다.

형태를 분간하기 어렵게 무너진 병원 건물에서 나온 먼지가 시야를 가렸다.

고통과 공포의 시간, 몸을 일으켜 두리번거리던 주선.

"어이, 주선이!" 다급한 산하의 부름을 따라 사람들이 몰려가는 방향으로 뛰었다.

주선과 산하는 숨을 헐떡이며 강가의 제방에 이르렀을 때야 겨우 시야가 약간 트이고 주변의 사람들이 보였다.

더 멀리 도망을 해야 할 것인지, 도망한다면 어디로 가야 할지 판단이 서지 않았다.

'일단 폭탄이 터진 도심에서 멀어지자'라며 주변을 둘러보는데 달리는 사람들의 꼴은 말로만 들었던 지옥의 풍경이었다.

머리에 화상을 입어 머리카락이 타버린 사람, 얼굴 반쪽만 화상을 입은 사람, 넝마보다 못한 형태도 없는 천조각을 옷이라고 걸친 사람, 벌써 얼굴이 부어오르기 시작한 사람도 보였다.

성한 사람은 아무도 없었다. 서로의 몰골에 관심을 갖는 사람도 없었다.

"소이탄이 아니야. 신형 폭탄인 것 같아."

"오사단 총사령부도 당했어."

"잉어성이 목표였을 거야."

잉어성은 히로시마의 상징이다.

"동시에 다 당한거야. 아까 여러개의 폭탄이 터졌으니까."

숨을 돌린 사람들이 근거 없는 말을 했으나 주선과 산하는 듣기만 했다.

사람들은 계속 강 쪽으로 밀려오고 있었다.

너덜거리는 군복 차림의 젊은이들도 보였다. 성한 사람은 아무도 없었다.

그의 뒤를 따라오는 사람들의 모습은 더 참혹했다. 머리 터럭이 타버리고 살은 녹아버린 사람들이 거의 벌거벗은 채 용케도 달리고 있었다. 살아 움직이는 모습이 기적처럼 보였다. 오다강으로 뛰어든 사람들이 물을 마시더니 몇인가는 그 자리에 고개를 처박고 나오지 않았다.

그때서야 조금 성한 군인들이 강 쪽으로 내려가 강으로 뛰어드는 사람을 막기 시작했다.

"화상에는 물을 마시면 안 됩니다."

그러나 밀려드는 죽음의 행진을 막을 수 없었다.

누군가 "미쓰비시!" 하는 소리에 고개를 드니 이태석이었다.

태석은 주선을 보더니 덥썩 손을 잡았다.

"같이 온 사람들을 더 찾아보세."

두리번거리며 함께 출발했던 일행을 찾았으나, 성한 모습이 아닌 사람들이 끝없이 밀려오는 아우성의 현장에서 징용공 차림의 사람을 찾기란 쉽지 않았다.

"여기는 어디야?"

"시로시마초[白島町]라고 들었어. 히로시마 중심에서는 북쪽인 셈이지."

산하는 간단히 대답하고 제방 아래쪽으로 내려가기 시작했다. 누군가를 새롭게 발견한 사람의 동작이었다. 경남 창녕 출신인 곽선출이었다.

"도대체 어떻게 된 거야?"

곽선출이 힘없는 소리로 주선에게 물었다.

키가 작은 편인 선출은 아직도 제정신이 아니었다. 상의는 벗어 던져버린 것인지 웃통을 드러낸 그의 얼굴과 가슴은 불에 덴 것처럼 화상이 뚜렷했다.

일행을 발견하고 벌떡 일어나려던 선출이 앞으로 꼬꾸라졌다.

"폭탄을 뿌려 분 거야?"

주선의 부축을 받아 일어선 곽선출이 다시 물었다. 곽선출의 얼굴과 몸은 벌써 부어오르고 있었다.

"나도 몰라. 신형 폭탄에 당했다는 말만 들었어."

그새 산하가 또 한 명의 동료를 찾아 손을 잡고 왔다. 충남 출신 선동호였다. 보기에는 화상을 덜 입은 것 같은데 선동호는 거의 탈진 상태에 있었다. 산하가 어깨동무로 부축하지 않으면 걸 수 없을 정도였다.

"옷차림을 잘 봐. 비록 먼지를 뒤집어쓰고 찢겨나갔다 해도 징용공 옷은 표가 나."

선동호를 부축하여 걸으면서도 산하는 "미쓰비시, 미쓰비시!" 하는 소리를 높였다.

그러나 그곳에서 징용공은 더 찾을 수 없었다. 후지사키 반장을 제외한 열두 명의 일행 중 일곱 명의 조선 청년들은 어떻게 된 것일까?

"후지사키 반장은 어디로 간 거야? 체신병원으로 다시 가야하는 것 아냐?"

경황없는 중에도 곽선출이 그런 걱정을 했다. 탈출하다 맞아 죽었다는 징용공들의 이야기를 생각했을 것이다. 생사의 기로에서도 길들여진 피해의식을 버리지 못하는 곽선출의 모습이 딱했던지 산하가 화염과 먼지가 가득하여 갈 수 없는 길을 가리켰다.

산하는 일행에 앞장서 강 건너 니오야마[二葉山]쪽으로 끌었다.

철길이 보였다. 철길은 조금 뒤틀리긴 했어도 형태는 분명했다.

"철길을 따라가면 히로시마역이 있겠지. 그곳에서 미쓰비시로 가는 길을 찾아보자."

산하가 선동호를 부축하여 겨우 철길에 이르렀을 때 갑자기 먹비가 쏟아지기 시작했다. 비는 맨살에 닿아도 따끔거렸다. 화상이 심한 곽선출과 선동호는 고개를 숙였다. 그리고 정신없이 산하를 따라 뛰었다.

겨우 니오야마[二葉山]의 조오신[饒津]신사로 들어섰지만 그곳의 그늘은 이미 피난민들로 발 디딜 틈이 없었다. 아픈 줄 모르고 본능적으로 도망쳐온 사람들은 비로소 아파오는 상처를 들여다보며 신음하고 있었다.

그러나 그곳도 조선인 징용공들에게는 영원한 객지였다.

통증 때문에 의식이 없어 보이는 일본인이 징용공임을 알아보고 고래고래 "바가야로"를 외치는 사람들에게 "우리도 당신들처럼 상처를 입고 다친 사람들입니다"라고 산하가 하소연했지만 소용없는 일이었다. 마치 자신들이 입은 상처가 조선인들 탓인 양 다른 일본인들까지 덩달아 모진 말을 내뱉었다.

"버러지 같은 조센징."

그런 욕을 함으로써 자신의 고통을 덜어내고 있었다. 의식 속에 잠재된 조선인에 대한 멸시와 증오의 분풀이 상대라도 만난 것처럼 욕을 내뱉는 집단적인 광증에 가까운 반응을 보이는 일본인들을 상대할 수 없었다.

"아무것도 모르고 당한 주제에 이런 자리에서도 조센징이라니! 불쌍한 왜놈 새끼들."

산하는 분을 참지 못하고 조선말로 욕을 뱉었다.

산하의 욕이 먹힐 귀가 보이지 않을 정도로 처참한 몰골로 죽음 앞에 선 그들을 상대하는 짓은 부질없는 노릇. 주선이 산하를 가만히 신사 밖으로 끌었다.

다시 시내 쪽으로 발걸음을 옮기려던 일행은 히로시마가 완전히 불에 탄다는 이야기를 들었다. 정주선과 산하를 제외한 세 사람은 화상을 입은 곳은 부어오르고 도망하면서 부딪치고 꺾인 상처 때문에 더 걸을 수 없었다.

끊임없이 이어지는 피난 행렬을 따라 히가시 연병장으로 발길을 돌린 일행은 서로를 의지하며 연병장 한쪽 구석의 그늘도 아닌 맨 땅에 주저앉았다.

죽음을 기다리는 사람들의 시간.

조선인에 대한 차별은 그 시간 그곳에도 있었다.

군부대 시설이었기에 일차적으로 군인들을 우선하는 것은 그래도 이해할 수 있었다. 점심으로 건빵을 배급하던 군인은 주선의 일행이 조선인임을 알아차리고 절반도 안 되는 양만 땅에 뿌리고 가버렸다.

"이럴 수 있는가? 이래서는 안 된다!"

산하의 절규에도 군인들은 돌아보지도 않았다.

아무리 창씨개명을 하고 일본말을 써도 조선 사람들에게 일본은 건널 수 없는 피안의 강이요 넘을 수 없는 벽이었다.

차별에 익숙했던 터였지만 땅바닥에 흘리고 간 건빵까지 줍고 싶지는 않았다.

화상 치료라고 해도 기계에 칠하는 윤활유를 발라주고 가제를 덮어주는 것이 고작이었는데, 조선인들에게는 그런 혜택도 없었다. 바닥에 깔 모포 한 장 주지 않았다.

등에 입은 화상 때문에 맨땅에 바로 누울 수 없는 곽선출과 선동호를 위해 주선이 말 먹일 건초 한 단을 훔쳐 왔지만 두 사람이 몸을 의지하기에는 부족했다.

주선은 비록 늘 탈출을 꿈꾸었던 곳이었으나, 일단 미쓰비시 조선소로 복귀하는 것이 가장 상책이라는 판단이 섰다. 하지만 의식이 흐릿해진 곽선출도 그렇고 몸을 못 가누는 선동호 때문에 움직이기도 어려웠다.

울산이 고향이라는 이태석은 얼이 빠진 모습으로 주선과 산하의 눈치만 보고 따라다니는 품이 사태 해결에 전혀 도움이 안 될 사람이었다.

시간이 어떻게 된 줄 알 수 없었다. 먼지인지 화기火氣에 의한 매연인지 모를 뿌연 안개 같은 입자들이 하늘을 가리고 있었다. 히로시마 시내 쪽에서 사람들은 계속 몰려들고 있었다.

화상 때문에 껍질이 벗겨 축 늘어진 사람, 성별을 구별할 수 없는 자식의 시체를 끌고 오는 어머니, 자신도 절뚝거리면서 얼굴 한 면이 데어 눈이 보이지 않은 아이를 업고 가는 남자, 짝이 맞지 않은 '게다'를 신고 혼자 말을 하며 걷는 할머니….

지금 자신이 어디에 있는지, 가고자 하는 곳이 어디인지 아는 사람도 없어 보였다. 어떻게든 살겠다고 동물적인 감각에 따라 움직이는 넝마 같은 몰골들, 움직이는 시체였다.

한쪽에서는 물을 찾는 절규가 심장을 터지게 했다. 죽어가는 사람 숫자도 늘었다.

주선은 가만히 일어나 다리를 움직여 봤다. 정작 아픈 곳은 목덜미 그리고 등판이었다. 그러나 화상은 아니었다. 폭풍에 날린 무언가에 맞은 상처였다. 그래도 상처의 겉이 살짝 말라가는 중이었던지 몸을 움직이자 마른 곳이 갈라지면서 눈에 불이 번쩍 일고 현기증이 났다.

고통에 일그러진 사람들의 기나긴 행렬에서 매캐한 냄새와 비릿한 피내음, 기분 나쁜 살벌함, 그리고 절망이 교차하는 공기 속에서 누굴 붙잡고 시내의 형편을 물을 수도 없었다. 주변에 숨이 끊어진 사람도 많았다. 여기저기 쓰러진 시체는 군인들이 '구루마'를 끌고 다니며 치우고 있었다.

정주선은 연병장 서쪽으로 발걸음을 옮겼다.

가까운 곳 어디선가 폭발음이 들리기도 했다.

군인들이 역이나 시내로 들어가는 길을 막고 시내의 상황을 설명하고 있었다.

"오늘 아침 여덟 시 십오 분 미국은 예고도 없이 히로시마에 신형 특수폭탄으로 공습하였습니다. 전쟁과 직접 관계없는 민간인들의 피해가 너무 컸습니다. 우리 군인은 시내의 소화 작업과 인명 구조에 최선을 다하고 있습니다. 미처 소개하지 못한 가족들이 시내에 있는 분들은 걱정이 크겠습니다만 지금은 위험하니 들어갈 수 없습니다. 지금도 시내는 불타고 있기 때문입니다."

"사람들이 현장에서 많이 죽었다는 소문이 사실인가? 얼마나 죽었다고 보는가?"

나이 지긋한 사내가 물었다.

"히로시마 상공 오백 미터쯤 되는 곳에서 폭발하는 바람에 폭심지의 반경 일천 미터는 건물이 완전히 사라졌습니다. 사람이 얼마나 사망했는지 알 수 없습니다."

"수많은 사람이 재가 되고 건물들은 가루가 되었다. 나무들은 뿌리가 뽑힌 채 불타고 도심을 관통하던 오타강도 열탕으로 변했다. 앞으로 백 년동안 히로시마는 풀도 나지 않을 것이라고 한다. 사람이 살 수 없을 것이라는 말인데 소문은 사실인가?"

외상이 없는 40대의 사내의 비장한 목소리였다.

"이러한 경험은 처음이기 때문에 누구도 말할 수 없을 것입니다."

"짐승만도 못한 미국놈들!"

그 말로 대화는 끊어지고 순간적으로 미국에 대한 성토장이 되어었다

나쁜 미국이 죄 없는 민간인들까지 죽였다면서 경쟁적으로 미국

에 대한 적개심을 드러내고 있었다.

"우리도 빨리 신형 폭탄을 만들어야 한다"라고 외치는 사람도 있었다.

그렇지만 전쟁의 원인을 성찰하기보다 일본은 전혀 잘못이 없는데 미국에 당했다는 억지가 대세였다. 패색 짙은 탄식이요 울분!

조선소에 일하는 징용공 중에는 미쓰비시 조선소의 징용공에 대한 각종 처우가 잘못되었다고 항의하고, 일본의 패망과 조선의 독립을 말하는 사람들이 있었다. 그러다가 다른 징용공들이 보는 앞에서 짐승처럼 걷어차이고 잡혀가기도 했다.

끌려가는 징용공을 보며 무모한 짓이라고 고개를 돌렸던 주선은 잡혀간 그들의 외침이 틀리지 않았음을 알 수 있었다.

가만히 뒷걸음질로 그 자리를 벗어났다.

일행이 있는 곳으로 돌아오니 산하가 빨리 오라고 손짓했다.

옆에 선동호가 축 늘어져 있었다.

"동호. 어떻게 된 거야. 눈 좀 떠봐. 금방까지도 앉아 있던 사람이 이게 뭔 일이야?"

화상을 입은 이마와 머리는 심하게 부풀어 올랐다. 불과 몇 분 사이에 머리카락도 거의 뽑히고 없었다. 선동호는 눈을 뜨지 못했다. 이럴 수가 없다. 사람이 이렇게 빨리 변한단 말인가. 눈앞에서 벌어지는 이해 못 할 일이다. 주선과 산하는 선동호를 일으켜 세워 앉히려 하였으나 축 처진 몸은 두 사람이 감당하기도 어려웠다.

"언제부터 말을 못 했어?"

"자네가 간 다음에 바로 그랬던 것 같아. 처음에는 자는 줄 알았어."

경각에 달린 목숨, 곽선출의 상태도 나아진 것은 없었다.

일본 군복을 입은 사내가 다가와 말을 건넸다

"자, 우선 먹을 수 있는 사람들은 이 주먹밥이라도 한 덩이씩 듭시다."

조선말이었다. 그러면서 군인은 기름종이에 싸온 주먹밥을 내밀었다.

"아까 지나다가 당신들을 봤소. 나는 마쓰모도 오장, 아니 박진만이오"

"고맙소. 그렇지만 그보다는 이 사람들 치료할 길은 없을까요?"

김산하의 물음에 박진만은

"보셨겠지만 여기까지 정신없이 달려온 사람들이 죽어가고 있지 않습니까? 구호소라고 있긴 하지만 위생병들이 고작 화상에 기름칠한 후 가제나 덮어주고 군인들도 상처에 폐유를 바르는 정도요"라고 했다.

대책이 없다는 말이었다.

"대관절 무슨 폭탄이 그렇게 센 것이요?"

"높은 사람들 말로는 원자폭탄이라는 신형 특수폭탄이라고만 했습니다."

"원자폭탄?"

처음 듣는 폭탄 이름이다.

"높은 사람들도 잘 모른답니다. 주워들은 말이지만 원자폭탄이 터질 때 빛과 열을 내는 데 그 빛은 엄청난 쇠를 녹이는 온도이기 때문에 반경 십 리 이내의 사람들이 열에만 노출되어도 죽거나 병신된다는 말이었습니다."

"우리는 같은 자리에 있었는데 저 세 사람이 더 심한 이유는 무엇때문인가요?"

정주선이 물었다.

"그 빛에 많이 노출된 사람하고 덜 노출된 사람의 차이라고 했습니다. 전차를 타고가다 시내에서 폭격을 당한 사람의 이야긴데 전차에 타고 가던 사람들이 순간의 열에 의해 타죽고 다쳤는데 그 사람들 틈에 낀 아이는 화상을 입지 않았다는 이야기였습니다. 어른들의 몸이 그 아이를 가려주는 바람에 살았다는 말이지요. 벽 하나에 생사가 엇갈린 경우도 많다는 이야기였습니다. 아마 제가 보기에는 저 세 사람이 폭탄의 열에 더 많이 노출된 것 같습니다."

주선은 비로소 폭탄이 터지는 순간 화장실 안에 있었던 사실을 상기하면서 자신이 다른 사람에 비해 화상을 입지 않은 이유를 알 수 있었다.

"나도 새벽까지 공습에 대비하느라고 히치산[比治山]공원에서 경계를 서고 공습이 해제되어 부대의 방공호에 들어가 쉬고 있던 참에 폭탄이 터져 머리카락 하나 다치지 않았소."

"천행이오. 참 고향은 어디신지?"

박진만과 산하의 대화가 이어졌다.

"고향은 전주요. 갑자생으로 전주 사범학교 졸업을 앞두고 끌려왔오."

"훈장님 될 사람이 이 고생을 하고 있구만이요."

"별말씀을."

"형씨 부대에는 조선 사람들이 더러 있소?"

"명색 사관후보생들 부대라 조선 사람은 많지 않소."

"그러면 장교가 된다는 말이요?"

"그런 것 되려고 온 사람이 아니라니까요. 그냥 끌려왔지요."

"그러면 앞으로 어떻게 될까요?"

"벌써 진 전쟁 아닙니까? 이 꼴을 보고도 모르시겠어요?"

"그런 공기를 짐작은 했소만…. 그래도 오늘 내일 끝날 것 같지는 않지요?"

"고향을 떠나 이런 꼴을 당한 조선 사람들이 너무 불쌍합니다. 우선 성한 사람들이라도 주먹밥이나마 드시고 힘내십시오. 내일쯤 구레[吳市] 해군에서 의료진이 온다니 그때까지 하늘에 맡기는 도리밖에 없을 것 같습니다. 고열이 나기 시작하면 일단은 위험하니 가급적 움직이지 말고 쉬도록 하시오."

"좀 더 있다 가시지 않고…."

산하가 붙잡았지만 바람처럼 나타났던 박진만이 바람처럼 사라졌다. 그래도 박진만의 등장은 일행에게 큰 위로였다. 주선에게는 잊을 수 없는 이름이었다.

다시 주변을 둘러보니 간신히 명줄을 잡은 사람들이 고통스럽게 뒹굴고 있었다.

어두움도 비극을 덮어버리지는 못했다.

겨우 숨이 붙어있어 고통스럽게 몸을 떠는 사람과 이미 죽어 버린 시체와 함께 보낸 밤이었다. 미래는 없었다. 10년 후 다시 30년 후 자신이 어떤 모습으로 어디서 무엇을 하리라고 예상하는 사람은 없었을 것이다.

날이 밝기 전에 곽선출과 선동호는 남의 땅에 끌려와 왜 그렇게 가야만 하는지 이유도 모른 채 싸늘한 주검이 되었다.

해가 뜨기 전 '구루마'를 밀고 온 군인들이 찾아와 몇 마디 인적 사항을 묻고는 짐승을 다루듯 발로 시체를 툭툭 차보더니 쓰레기 치우듯 거적에 싸서 싣고 가버렸다.

어디로 간다는 말도 없었다.

그 꼴을 본 탓이었을까. 활발하게 움직이던 산하마저 힘을 잃어가고 있었다. 이태석은 겨우 몸을 가누는 정도였다. 미쓰비시 징용공은 더 보이지 않고 조선소와 연락한 방법도 마땅치 않았다. 찾아가기에는 시내 상황이 좋지 않다는 소문이었다. 또 두 사람을 버리고 갈 수도 없었다.

주선은 박진만의 도움을 받을 수 있지 않을까 하고 주먹밥을 나누어주는 군인들을 붙잡고 마쓰모도 오장을 아느냐고 물었지만, 대답을 들을 수 없었다.

8월 7일 – 음력 유월 그믐.

구레[吳市]에서 해군 진료반이 왔다는 소문에 사람이 뜸한 오후 시간 김산하와 이태석을 앞세우고 찾아갔지만, 치료는 환부에 기름칠을 하고 두 눈과 코와 입에 맞추어 네 개의 구멍을 뚫은 가제로 덮어주는 정도였다. 얼굴에 화상을 입은 사람들은 순식간에 검은 가면을 쓴 도깨비가 되고 말았다.

산하는 그런 치료라면 받고 싶지 않다고 거부했다.

하릴없이 돌아서서 오는데 막사 앞 화단에 멧비둘기 한 마리가 퍼득이고 있었다.

왼쪽 날개가 3분의 1쯤 타버려 날지 못하는 모습을 먼저 발견한 사람은 산하였다.

"용케 여기까지 날아와 살아있지만 이제 다시는 집으로 갈 수 없겠지….."

김산하의 말과 휑한 눈을 보니 순간 주선의 가슴이 철렁했다.

"하늘을 날던 새는 무슨 죄를 지었기에 저 모양이 되었단 말인가?"

그러면서 산하는 고개를 숙였다.

그리고 자리로 돌아온 산하가 힘없이 누웠다.

얼굴 한쪽의 화상이 부풀어 오르고 왼쪽 눈이 거의 보이지 않았다.

"신세가 서러워 눈물이 나기에 볼을 닦는다고 한 것이 그만….."

그러면서 소맷자락에 붙어있는 살 껍질을 보여주었다. 눈물을 닦는다고 무의식중에 오른쪽 옷소매로 왼쪽 볼을 훔친 것이 상처를 덧나게 했다는 말이었다.

정신없을 만큼 아팠을 텐데 산하는 통증마저 못 느끼는 듯했다.

불길한 예감에 주선은 산하 옆에 털썩 주저앉았다.

"어제 아침부터 지금까지의 일이 꼭 꿈만 같아. 죽은 얼굴색이던 후지사키를 보면서 예감이 좋지 않았는데…. 후지사키는 어떻게 되었을까?"

"다른 사람 걱정말고 힘내."

"도꾸야마[德山], 아니 주선이, 나는 살아서 고향에 갈 수 있을까?"

"사람이 쓸데없이, 그런 말을…."

"어제도 오늘도 소리도 못 내고 죽어가는 수천 명의 사람을 봤어. 그 사람들은 그렇게 죽고 싶었을까?"

"왜 그렇게 약한 소리만 하는 거야? 아침까지도 힘이 펄펄 하던 사람이."

"죽더라도 조선에 가서 죽고 싶었어. 죽기는 너무 억울하고 분해서 오기로 버틴 거야. 조선 사람과 함께 살아서 조선으로 가겠다는 오기. 그런데 조금 전에 새를 보는 순간 갑자기 맥이 풀리는 거야."

쩡쩡하던 산하의 말소리에 힘이 빠지고 있었다.

"마음 약한 소리는…, 힘 내!"

"자네 고향이 나주라고 했지? 내 고향 마을은 신작로에서도 오 리쯤 더 걸어 들어가야 하는 산골이지. 거기에 일본인은 없어. 그리고 일본 이름을 쓰지 않아도 되는 곳이지. 하지만 거기도 일본의 지배를 벗어날 수 없는 땅 아니겠어?"

김산하는 잠시 말을 멈추었다.

"그래…. 고향은 땅 한 평 없는 소작 노릇이 힘들어도 사람 사는 정과 맛이 있었지. 돈 벌 수 있다고 했으나 사실상 지역 할당제로 우리 같은 젊은 놈들을 강제로 뽑아 소작보다 못한, 그야말로 숨조차 제대로 쉴 수 없는 종으로 만들었어. 목숨을 위협하는 기계며 철판들…, 비가 와도 눈보라 치는 날에도 쉬지 못하는 작업 또 작업….

'다꽝'에 허기진 주먹밥…. 월급은 계약이 끝나는 날 한꺼번에 준다고 미루는데 알량한 숙식비를 제한다니 남은 것이나 있을지…. 억울하고 분통 터지는데 하소연할 곳도 없으니…. 지금 고향 냇가에서는 천렵하기 좋고, 둠벙의 미꾸라지며 피래미 잡아 마을잔치도 할 텐데….”

산하의 더듬거리는 한숨에 주선은 고개를 끄덕였다.

“마구 원망했지. 조선을 일본에 바쳤다는 을사오적을 원망했고, 조선을 그 꼴로 만든 황제와 벼슬아치들이 원망했고, 하고 많은 나라를 두고 하필이면 조선 땅에 태어난 나를 원망했어.”

동병상련이라고 했던가. 주선은 가만히 산하의 거친 손을 잡았다.

“내가 여기 와서야 알게 된 사실인데 우리 조선 백성들에게는 나랏님도 그렇지만 벼슬아치들도 백성들을 지켜주기는커녕 백성들이 가진 것을 빼앗아가는 존재밖에 아니었어. 사람대접 못 받았던 조선 백성들에게 나라는 누가 지배자이건 그냥 귀찮은 존재였을 뿐이었던 거야. 그렇다보니 나라가 망했어도 왕이 바뀌었다는 정도로만 생각했던 것 같아.”

“맞아, 그랬어. 우리가 일본을 너무 몰랐지.”

“그렇게 조선 사람이라는 사실을 잊고 사는 동안 왜놈들은 조선 말과 글을 죽이고 성조차 갈았어. 그런데 왜놈들에게 온갖 멸시를 당하면서도 그걸 개인의 팔자로 아는 백성들이 많으니…. 하긴 나도 그런 백성들과 다르지 않겠지.”

의식은 총총한 것 같은데 산하의 숨이 가빠지고 소리는 약해졌다.

“자네 잘못이 아니야. 조금 쉬어.”

"듣자 하니 나라 팔아먹고 왜놈에 빌붙은 놈들은 호의호식하면서 자식놈들을 잘 가르친다고 하대. 그놈들 세상으로 이어질 것 같아. 그렇게 되면 왜놈 땅에서 나처럼 불벼락을 맞고 죽은 사람들을 기억 해주지 않을 거야."

"그렇게 안 되도록 해야겠지."

"자네라도 지켜봐 줘. 자네와는 말이 통했는데…, 부탁이 하나 있어. 조선으로 돌아가거든 내 고향에 한 번 가줘. 해남 화원 장자 골…."

"무슨 말을, 살아서 같이 돌아가야지."

"난 신유辛酉생이고. 고향에는 주영단이라는 처와 원석이라는 아 들이 있어."

신유생이라면 1921년생이다.

"신유생? 나는 계해癸亥생인데 그럼 두 살이나 많은 형이네?"

"형은 무슨…. 그냥 동무지. 그리고 할아버지가 지어주신 이름은 길복이야, 김길복金吉福. 산하는 창씨개명하면서 내가 붙인 이름이 지. 가난했어도 행복했는데…. 소리 내어 울지도 못하는 처의 손을 잡아주지도 못하고 끌려왔어. 차라리 만주로 도망쳤어야 했는데…. 지난 유월 스무날이 처의 생일이었어. 그런데…, 원통해…."

그리고 산하는 신음하듯, "원석아! 원석아!" 하고 두 번 불렀다.

그리움과 한이 담긴 눈물, 소리를 삼킨 통곡.

"자꾸 누군가 나를 깊은 물속으로 잡아끄는 것 같아. 참, 태석인 어디 간 게야?"

산하의 힘겨운 소리를 들으며 울고 있던 이태석이 힘없는 소리로

"나 여기 있어." 하고 팔을 내밀다가 "아이쿠!" 하고 화들짝 움츠렸다. 화상 입어 진물 흐르는 상처를 깜박 잊은 것이다.

"조심해….."

산하가 어렵게 남긴 마지막 말이었다.

1945년 8월 7일 화요일, 음력 유월 그믐날 저녁, 주선의 손을 잡은 산하는 어둠 속으로 떠났다.

다음날 이른 새벽 산하의 시신을 수습하러 온 군인들이 바쁘게 물었다.

"이름과 나이는? 주소도 말해."

"김산하, 아니 가네다야마가와[金田山河] 나이는 스물네 살. 미쓰비시….."

주선의 대답에 미간을 찡그린 군인은 金田山河라는 이름을 적고 따라온 군인들은 이미 시신이 쌓인 '구루마'에 산하의 주검을 쓰레기처럼 내던졌다.

히로시마의 연기가 되었을 날개 잃은 새!

"자네 부친은 인생이란 자신만의 무늬를 그려가는 여정旅程이라고 했지. 하지만 조선에서 태어난 죄로 왜놈들에게 끌려가 징용공이 되고, 망향가조차 부를 수 없었던 왜놈 땅에서 '가네다야마가와'라는 이름으로 허망하게 재가 되었어. 그런데 자네 부친 예언대로 그렇게 죽은 사람들을 기억해주는 사람도 나라도 없네. 잘하는 짓인가?"

☆유월 그믐날은 내몰린 땅에서 원과 한을 품고 재가 된 내 아버지 김길복의 기일이다.

바우가 넘은 고개

방촌이라는 마을의 입구 회관 부근에 작은 텃밭이 달린 헌 집을 매입하여 수리를 시작할 무렵이었다.

　마을 사람을 제대로 분간할 수 없었기에 다가오는 사내에게 "안녕하십니까?" 하고 인사를 건넸더니 그의 첫마디가 "집은 얼마에 샀소?" 하는 것이었다.

　초면에 가격을 묻는 태도가 못마땅하여 "글쎄요." 하고 말끝을 흐렸더니 다시 "정말 여기로 이사할 작정인가요?" 하고 의심스러운 눈으로 물었다.

　"마을에 사시는가요?"

　"그래요. 박신규라는 사람이요."

　비록 술과 노동에 찌든 검붉은 얼굴이었으나 깔끔한 회색 면바지에 검은색 점퍼는 아내가 백화점에서 골라준 외출복과 같은 브랜드였다.

겉만 보고 정체를 알 수 없는 그에게 기본적인 상식과 예의를 따지기 곤란했다.

"외출하시려는가요?"

빨리 갈 길을 가라는 말이었다. 그러나 박신규는 좀 더 가까이 오더니 심어놓은 비파나무를 가리키며 "이 애는 아열대식물이라 여기 기후에는 살기 어렵소"라면서 "여기는 광주에 비해 이 삼도는 낮고 체감온도는 더 떨어지는 곳이요."

마을의 건달 혹은 비정상인으로 여겼는데 의외의 조언이었다. 사투리 없는 말씨에 사용한 어휘도 겉보기와 달랐다.

"내가 조경을 한단 말입니다."

"조경업을 하신단 말씀인가요?"

나의 되물음에 박신규는 "형씨는 나이가 몇이나 되시오?" 하고 다시 되받아쳤다.

태도가 괘씸했지만 침을 꿀꺽 삼켰다.

"나는 윤가로 오삼년 생이오."

이름은 감추고 나이는 두 살을 더 올려붙였다.

"참말이요?"

제 또래로 봤다는 표정으로 되묻더니 간다는 말도 없이 마을 안쪽으로 사라졌다.

박신규와 첫 만남이었다.

마침 마을 이장 이종오씨가 외출하는 듯 차를 몰고 가다가 아는 체를 하기에 박신규가 어떤 사람이냐고 물었더니

"아, 바우요? 윤선생님도 저절로 알게 될 것이요. 술만 마시면 위아래를 가리지 않고 입이 거친 놈입니다."

"무슨 말씀이십니까?"

"멀리 일 나갔던 것인지 며칠 안 보이더니 어제 돌아왔구만이요. 벌써 한잔 마신 모양인데…, 아무튼 조심하십시오."

"조경업을 한다던데요?"

"하이고…, 그래요? 하긴 조경하는 데 따라다니니 그런 말도 틀리지는 않을까 싶습니다만…."

가당찮다는 말투였다.

"왜 바우라고 부른답니까?"

"누구 말도 안 듣는 귀먹쟁이에요. 살아보면 아시게 될 것입니다."

귀찮은 존재라는 사실을 감추지 않았다.

그리고 이장은 광주에 다녀오겠다는 말을 남기고 떠났다.

집수리가 끝나자 하얀 아트펜스로 울타리를 친 후 책만 옮겼다.

다시 박신규를 만난 것은 거의 한 달이 지난 2015년 5월 5일 오후였다.

상추 몇 닢 심을 요량으로 마당 한쪽을 괭이로 다듬고 있을 때였다.

"안녕하쇼, 형님. 오늘 같은 날도 일을 하시오?"

"형님?"

놀라서 다시 봤더니 박신규가 나를 보고 웃음지어 보였다.

"나보다 나이가 많으니 형님 아니겠소. 말씀 편하게 하슈."

"수인사도 제대로 못했는데…."

당신에 대해 좀 더 안 후에 결정하겠다는 거부였음에도 박신규는 막무가내였다.

"내가 누구한테나 함부로 형님이라고 부르는 사람이 아니요. 그런데 형님하고는 어쩐지 마음이 통할 것 같은 생각이 드요. 나는 거짓말을 못 하는 사람이요. 내 말을 믿으쇼. 나는 이제부터 형님이라고 부를 테니 그리 아쇼."

요청의 수준을 넘는 일방적인 통보였다. 아직 해가 중천에 있음에도 이미 술이 거나한 사람을 상대로 완강하게 버티기 어려웠다.

"그렇다면 나도 한 가지 조건이 있네. 낮술은 마시지 않았으면 하네."

"몸을 깎아 일하는 놈이라 술 힘으로 사는데 그 말은 고약하요. 그렇다고 형님 말씀이니 전혀 무시할 수 없는 노릇이고…. 그럼 술을 적게 마신다고 하면 어떨까요? 됐지요?"

그렇게 스스로 정리하고 결론을 내렸다.

그러더니 박신규는 내가 하는 일에 참견하기 시작했다.

"형님 괭이질은 그렇게 다리를 수평으로 짝 벌리고 하면 거시기가 자루 끝에 당하는 수가 있어요. 오른발이 앞으로 나갈 때는 뒷다리로 버티면서 오른발로 중심을 잡고, 오른손으로 자루 가운데를 잡고 왼손으로 자루 손잡이 부분을 잡는 법이요. 그래야 목표 지점을 정확하게 칠 수 있는 법이요. 그리고 괭이질은 올렸다가 내려오는 반동으로 땅을 찍어야지 그렇게 힘으로 하다가는 팔뚝만 아프고 자칫하면 앞으로 자빠져 코 깨질 수 있소."

비록 틀린 말은 아닐지라도 '거시기'라는 말도 그랬지만 말끝마다 법을 강조하는 박신규가 우습지 않을 수 없었다.

"웃지 말고 경험자 말을 잘 들으쇼."

정색하고 훈계까지 했다.

"나도 고향이 시골이여. 지게질로 잔뼈가 굳은 사람이란 말이시."

"일도 못 하는 사람이…, 애써 가르쳐주는데 딴소리하면 안 되는 법이여. 연장을 다루는 일도 과학이여. 그걸 모르고 옛날만 들먹이면 안 되지."

숫제 아래 사람 취급이었다.

말꼬투리를 잡고 화를 낼 수도, 그렇다고 그냥 넘기기에는 많이 거슬렸다.

"이 동네 사람들은 형님한테도 말을 그렇게 하는가?"

내 말이 곱지 않았음에도 박신규는 전혀 개의치 않은 표정이었다.

난감한 일이었다.

갑자기 당한 봉변을 당한 느낌도 들어서 일을 접고 통나무 의자에 앉아 하늘을 보니 슬슬 구름이 몰려온다.

박신규를 처음 만났던 날, 조심하라고 했던 이장의 말이 생각이 났다.

그렇다면 박신규는 어떤 사람인가?

조금 정상을 벗어난 것 같은데 정말로 2%가 부족한 사람인지 아니면 술버릇 때문인지 알 수 없으니 일단 참고 지켜보는 수밖에 없었다.

"술 있으면 한 잔 주쇼."

"어쩐다…? 술이 없어. 전에는 한 잔씩 했는데 몸이 안 좋아 술 담배를 끊었어. 대신 커피나 한 잔 타줄까?"

"커피요? 원두커피라면 모를까, 달달한 봉지 커피는 커피 맛을 모르는 촌놈들이나 먹는 것 아니요?"

일반적인 시골 사람들이 할 수 있는 말은 아니었다.

"그럼 녹차를 내올까?"

"관두쇼."

술을 목적으로 왔는데 실망했다는 표정이었다.

그러더니 박신규는 간다는 인사도 없이 마을 위 자신의 집 쪽으로 사라져버렸다.

도시에서 낳고 자라 친구들과 어울려 백화점을 찾고, 골프장 출입을 즐기는 아내에게 시골이란 '드라이브' 하면서 감상하는 풍경이었다.

그랬으니 시골 고향에 대한 향수, 그리고 전원생활의 꿈을 이해할 수 있었을 것인가.

아비의 심중을 이해한 딸과 사위의 물질적 정신적 응원이 아니었다면 끝내 도시를 벗어날 수 없었을 것이다.

"시골집은 당신의 작업실이니 밥을 끓여 먹을 간단한 살림과 필요한 책과 자료만 옮기기요"라는 다짐을 받고서야 아내는 겨우 동의했다.

그랬던 아내가 만약 그런 박신규의 언행을 봤다면 질겁했을 것이다.

날이 풀렸어도 아내는 보이지 않은 뱀과 벌레를 핑계로 시골집과 담을 쌓았다.

반면에 나는 오랫동안 추억하고 기다렸던 꿈을 실현했다는 즐거움이 컸기에 밤에도 방촌에 머무는 날이 많았다.

밥 짓고 차려 먹는 것이 번거로워 라면으로 끼니를 잇는 경우가 많았으나 개구리 우는 소리에 고향에 대한 향수를 달래기에 충분했다.

원하던 환경에서 독서와 글쓰기는 사는 재미를 더했다.

5월 10일은 일요일, 밤 10시가 넘었을 무렵.

회관 앞으로 짐작되는 곳에서 다툼은 아닌 것 같은데 사내의 소리가 컸다.

"다 필요 없어. 내가 누구냐? 경찰들도 나만 보면 피하는데 당신들이 뭔데 내 말을 막는 거여. 억울한 사람의 심정을 들어주기는커녕 조용히 하라고? 개떡 같은 소리 말고 얼른 민씨나 불러와."

몇 사람이 "자네 말이 맞네. 그래도 오늘은 참소." 하며 달래는 소리도 들렸다.

"민씨. 당신 이리 좀 나와 봐. 내가 술 한 잔 달라고 했더니 일일이에 신고를 해? 언제 당신을 팬 적도 없는데 나를 무섭다고 고발해? 그렇게 살면 안 되는 법이여."

소리의 진원지를 찾아 나서는데 마을 회관이 보이는 가로등 아래에서 마을 아주머니들(사실은 모두 70을 넘긴 할머니들) 세분이 소곤거리고 있었다.

"무슨 일입니까?"

내 물음에 바로 옆집의 칠석댁이 "거그 가지 마시쇼. 바우가 또 술 한 잔 쳐묵었는갑소." 하며 나를 막았다.

다른 아주머니는 "술 안 먹었을 때는 그림자처럼 조용한 사람인디 취하면 지 기분대로 아무한테나 큰소리치고, 혼자 노래 부르다가 울다가 지랄하는 놈이랑께요." 한다.

"부인은 없답니까?"

"마누라요? 저런 인간을 따라 살 여자가 어디 있다요."

주춤거리며 관망하고 있는데 이장이 다가오더니 "안 말릴 수도 없고…. 말리다가 또 욕만 먹었구만이요. 이사 오신지 며칠 안 되었는데 시끄러운 꼴을 보여서 미안하요." 자신이 마을 대표임을 강조하듯, 안 해도 괜찮을 사과를 하면서 조금 전 마을 입구 유선각에서 있었던 일을 간단히 이야기 했다.

"바우가 민영기씨에게 자식들이 가져온 술이 있으면 나누어먹자고 했답니다. 그러면서 술을 안 가져오면 죽인다고 겁을 준 것 같습니다. 바우를 잘 모르는 민영기씨가 그 말을 그대로 곧이듣고 일일이에 신고한 바람에 경찰에서 다녀갔어요. 여기 경찰들도 뻔히 아는 일이라 주의만 주고 가버렸는데 그 일로 바우가 성질이 났는 갑소."

민영기씨라면 방촌이 처가 마을이라고 했으나, 어찌된 셈인지 지금은 혼자서 처가의 낡은 옛집을 지키고 있는 사람이다. 체구가 작고 소리도 약해 박신규에게는 만만한 상대였던 것 같다.

"그런다고 저렇게…?"

언젠가 술을 달라고 해서 없다고 했던 일이 생각나 내가 당하는 봉변 같았다.

"제풀에 지칠 때까지 누가 말려도 안 들어요. 동네 우세스러워서 원…."

그리고 이장은 내 옆에서 서성거리며 여러번 바우 때문에 골치가 아프다고 말했다.

아무리 좋은 이야기도 한두 번인데 그런 이야기는 반복해서 듣기를 좋아할 사람이 있을 것인가!

박신규의 소리는 또 왜 그리 큰지 동네 개들도 덩달아 짖어댔다.

이장이 "소용없다"라면서 말렸음에도 욕 들을 각오하고 박신규에게 다가갔더니 예상대로였다.

"너는 누구냐?"

정말 나를 알아보지 못하는 것인지 아니면 짐짓 모르는 체하는 것인지 알 수 없었다.

"나? 자네 형님이네. 며칠 전 형 동생하자더니 금세 잊었어?"

"나한테 형님이 어딨어. 너도 나 잡으러 왔어? 야, 인마. 나는 경찰도 안 무서운 사람이여. 가서 민씨나 데려와!"

완전히 반말이었다.

일단 그의 손에 무엇이 들려있는지 살핀 후, 목에 힘을 주고 박신규에게 다가섰다.

"이래도 나를 모르겠어? 정말 나한테 인마 점마하는 거야?"

"세상은 이 박신규 말 한 마디면 만사가 오케이여. 내가 소리 지르면 동네 사람들 잠자다가도 일어나 차렷 자세로 다 모인단 말이여. 저기 봐. 나한테 가까이 오지 못하고 서 있는 꼴들을."

나를 알아본 듯 박신규의 입에서 욕은 빠졌다.

"그렇게 안 봤는데 이 사람이 개차반이네. 옛날 같으면 마을에서 멍석말이감이여. 몰라?"

"세상은 바꾸어지는 법이여. 상전벽해라는 말도 있어. 뽕밭이 바다가 되고 바다가 산이 된다는 말이지. 나는 그리될 줄 알고 있는 사람이여. 나는 거짓말을 안 해."

"상전벽해를 아는 사람이 술이나 먹고 밤에 소리나 질러 마을을 시끄럽게 하는가? 제발 소리 좀 낮춰."

"천년만년 살 것 같아도 사람은 죽는 법입니다. 죽기 전에 정신 바짝 차려야합니다. 세상을 호락호락하게 봐서는 안 돼요. 형님도 내 말만 믿으쇼."

횡설수설임에도 다행인 점은 나를 형님이라고 부르는 그의 소리가 낮아졌는데 기대하지 않았던 반전이었다.

그 기회를 타고 짐짓 내가 소리를 높여 다그쳤다.

"마을 어른들께 떠들어서 미안하다고 사과하소. 그리고 이제 그만 들어가 자."

"나한테 미안하다는 말을 하라고? 어째서 내가 미안하다요? 내가 말하면 무시하고, 술 한 잔 안 사주면서 술꾼이니 미친놈이니 하면서 흉이나 보는 인간들한테 미안할 이유가 없어."

영농회장 강안수씨가 상황의 변화를 눈치채고 헛기침을 하며 박신규에게 다가왔다.

내가 인사를 하고 가만히 한 걸음 물러섰더니 그때를 노린 듯 박신규가 큰 목소리로 "떼에엑!" 하고 소리를 질렀다.

"영감님한테 무슨 짓이냐?"

"형님도 간에 붙었다 쓸개에 붙었다하는 인간들은 상대하지 마쇼."

"어르신 면전에서 무슨 말 버릇인가?"

"형님 내 말만 믿으쇼. 돈 좀 있다고 까부는 놈들, 정치한다고 굽신거리는 놈들, 사람의 진심을 몰라주는 놈들 말을 믿어서는 안 되는 법입니다. 세상은 온통 그런 놈들이 판을 흐리고 있어요. 나는 거짓말 할 줄 모르는 사람입니다."

"많이 취했네. 이제 그만 들어가소. 내가 자네 집까지 데려다 줌세."

"형님도 중심을 잘 잡으십시오. 나무를 삐딱하게 심으면 얼마 못 가서 넘어져 죽습니다. 나무를 심을 때도 미워하는 마음으로 심으면 나무 수명이 오래가지 않거나 곧게 자라지 못하는 법입니다."

옳은 말인가 싶으면 상황에 안 맞는 말이나 단어가 나온다. 특별한 언어의 기술로 보이지는 않았지만 그렇다고 생각 없이 하는 말 같지도 않았다.

마을 사람들이 회관 앞 가로등 그늘에 모여서 나와 박신규를 주시하고 있었다.

그걸 본 박신규가 "누가 거기서 웅성웅성하는 거여? 콱!" 하면서 쫓아갈 듯 발을 굴렸다. 하지만 박신규에게 다가오는 사람도 물러가는 사람도 없었다.

"우선 우리 집으로라도 들어가세."

"그런데 형님 집에는 술이 없다면서요."

"대신 따끈한 차 한 잔 대접함세."

"그럼 술을 구해야겠구만."

"이 시간에 어디를 가서 구한단 말이여?"

내가 말렸음에도 박신규가 몇 걸음 나가더니

"거그 앵남 아짐 있소? 좋은 말로 할 때 술 한 병만 갖다 주소. 날 새면 곱으로 갚을 테니까."

하는 것이었다.

박신규의 마음이 풀린 것을 파악한 마을 사람들이 그때야 내 뒤로 모여들었다.

박신규도 더 이상 소리치지 않았다.

박신규의 돌변한 모습을 본 누군가 "참, 똥고집 불통 바우가 별일이네." 하는 말을 했는데 그 소리를 들었음직한 박신규도 대꾸하지 않았다.

가만히 내 손을 잡고 "윤선생님이 장하요." 하고 가는 할머니도 있었다.

앵남댁이 냉장고에 감춰둔 술 한 병을 가져오니 박신규는 말없이 병뚜껑을 비틀어 갈증을 풀려는 듯 벌컥벌컥 마셨다.

"우리 집으로 가세. 냉장고에 안주는 있을 것이네. 노인 회장님과 이장님도 같이 가십시다."

내 말을 들은 박신규가 재빨리 "형님, 저 인간들이 가면 나는 여기 있을 테니 그리 아쇼." 하고 막았다.

노인들을 남겨두기 미안했지만 어쩔 수 없는 일이었다.

"형님 내 말을 믿으쇼. 일본놈 미국놈도 밉지만 더 미운 놈들이 있어요. 제 나라 백성들을 패고 고문하는 놈들이 더 악질이란 말입니다. 사람 말을 안 믿고 쥐꼬리만한 권력으로 위세하는 놈들, 돈 앞에서는 설설 기는 놈들, 자기보다 약한 사람 못 잡아먹어 안달하는 놈들도 다 죽일 놈들이지요."

"정말 옳은 말이시. 세상에 그런 놈들도 있지 자네도 조심하소."

거실 겸 서재요 작업실에 들어서던 박신규가 흠칫 놀라며 "와!" 하는 탄성을 질렀다.

"그런데 형님은 무슨 책이 이리 많다요? 돈 벌어서 책만 사 모았소?"

예사롭지 않은 눈빛, 술이 깬 듯한 말씨였다.

책하고는 거리가 먼 무지렁이일 것이라는 나의 편견이 무너지는 순간이었다.

"내가 이름은 없어도 명색 글을 쓰는 사람이네. 그렇다보니 책을 많이 볼 수밖에. 이 마을로 이사한 것도 조용하게 글이나 쓰고 싶었기 때문이네."

"형님을 처음 볼 때 보통 사람이 아닌 줄 알았습니다만…, 내가 사람 하나는 확실하게 본다니까요. 작가 형님이라, 작가 형님…. 다시 봐야겠습니다. 나도 옛날에는 소설책 좋아했지요."

언행의 이면에 감추어진 내면의 일단을 보는 것 같아 나도 눈을 크게 떴다.

"앉소. 차 한 잔 하세."

내 말에도 무슨 책을 찾는 사람처럼 서가를 천천히 둘러보던 박신규가 아는 책이라도 만난 것처럼

"일본 책도 있네요? 형님 일본말도 알아요?" 하는 것이었다.

나도 진지해질 수밖에 없었다.

"천구백사십오년 일본의 히로시마와 나가사키 원폭으로 인한 피해를 조사하는 과정에서 나라 잃은 백성으로 히로시마에서 더부살이하다가 피해를 당한 우리나라 사람도 많다는 사실을 알게 되었어. 그래서 그런 역사를 글로 쓰려고 참고하기 위해 구해놓은 책인데 거의 히로시마와 나카사키 원폭 관련 자료들이네."

그러자 박신규는 "히로시마라고요? 대동아전쟁 때 미국한테 원자폭탄 얻어맞은 데 말이지요?" 하고 아는 체를 했다.

'대동아전쟁'이라는 용어는 일본사람들이 주로 쓰는 표현이다. 박신규는 그런 용어를 쓸 나이도 또 히로시마에 관심을 보일 나이도 아니었다.

"자네가 히로시마를 어찌 그리 잘 아는가?"

"잘 알기는요. 어렸을 때 아버지한테 들었던 풍월이지요. 우리 아버지도 해방 전까지 일본에서 사셨다고 합디다."

"혹시 히로시마에서?"

"그건 잘 모르겠소.

"부친이 철도 공무원이셨다고 들었는데?"

"공무원은 맞지만 철로 보선반 노가다였지요."

"그래도 자네 부친을 수장이라고 부르는 노인들이 있던데?"

"노가다들 오야지였지요. 요즘 말로는 일꾼들 팀장이라고 보면 될 것이요."

"가족은 없는가?"

"더 묻지 마쇼. 물이나 한 잔 주쇼."

박신규는 대답을 피했다. 그의 아버지에 대한 관심은 컸으나 더 물을 수 없었다.

"벌써 열두 시가 넘었으니 한숨 자야 일 나갈 것 아닌가? 오늘 밤에는 여기서 나하고 자세."

"객지라면 어쩔 수 없지만 여기에 집 놔두고 외박하기는 싫소. 우선 좀 씻어야겠소."

사립을 나선 박신규는 밤이 늦었음에도 아랑곳하지 않고 '바위고개'라는 가곡으로 고샅길을 채웠다.

조금은 느리게 띄엄띄엄 가사를 건너뛰어 발성음으로 부르는 곡은 음정이 정확했고 무엇보다 소리에는 절절한 한이 묻어 있었다.

'고개위에 숨어서 기다리던 님, 그리워 그리워…'라는 소절은 몇 번이나 반복했는데, 노래를 부르며 마을 가운데 서있는 당산나무를 지나 하얀 실루엣으로 사라지는 박신규의 모습은 인상 깊은 장면이었다.

아마 마을 누군가는 "바우가 또 지랄한다"고 혀를 찼을지도 모른다.

하지만 나는 그가 사라진 골목 어귀에서 오랫동안 움직일 수 없었다.

그렇다고 박신규의 술버릇이 아주 고쳐진 것은 아니었다.

기분 좋게 멀쩡하던 사람이 어느 순간에 "형님, 나는 거짓말 할 줄 모르는 사람이요. 나를 믿으십시오." 하거나 "법"을 들먹이면서 자신이 못마땅한 사람을 반복하여 내리치기도 했다.

또 마을 회관 앞에서 자신이 서운했던 마을 사람을 지목하여 훈계하고 고함치는 기행도 고쳐지지 않았다.

박신규는 흥미로운 관찰의 대상이었다.

그러나 박신규의 삶의 궤적에 대한 호기심이었을 뿐 내가 쓰고자하는 소설의 주인공으로 염두에 둔 관찰은 아니었다.

거기에 가끔 박신규와 만나긴 했으나 진지하게 이야기할 기회도 거의 없었고, 주정 속에서도 자신의 출생이나 성장 과정, 그리고 가족에 관해 내비친 적이 없었다.

그렇다고 수사관처럼 박신규의 뒷조사를 할 수도 없었기에 마을 사람들에게 우연을 가장하여 의도적인 몇 가지 질문을 던졌는데, 대체로 박신규에 관한 이야기를 꺼린다는 사실을 알 수 있었다.

박신규의 집 옆에 살면서 박신규의 어린 시절을 지켜봤다는 앵남댁 아주머니의 이야기가 그런대로 구체적이었다.

"바우의 아버지 박충석씨가 방촌 마을에 들어왔을 때는 이미 50대 중반으로 남매를 둔 홀아비였지요. 그때 바우는 열 살쯤 되고, 신규의 누나 순정이는 광주로 열차 통학하는 중학생인가 고등학생인가 아무튼 그랬어요."

"바우 누나는 어디서 사는가요? 여기는 안 옵니까?"

"순정이는 얼굴도 예뻤지만 엄마 없는 집안 살림도 야무졌어요. 그 아버지가 공부 잘하고 똑똑한 딸이라고 자랑 많이 했는데, 그래서 대학도 보냈어요. 지금은 서울 강남에서 약국을 하며 부자로 잘산다고 하더만이요. 바우한테 수시로 옷가지도 사 보내고 더러는 돈도 주는 것 같습디다. 마을 회관 지을 때는 바우가 느닷없이 천만 원을 내놓은 바람에 놀란 마을 사람들이 오히려 사정해서 백만 원으로 줄이기도 했는데 그 돈도 순정이한테서 온 것 같더라고요."

박준섭은 박신규가 중학교 졸업반 때 병이 나서 그 가을에 갑자기 죽었다고 했다.

중학교를 졸업한 박신규는 경상도 말을 쓰는 작은아버지를 따라 마을을 떴는데 다시 나타난 것은 구십 년 대 초반이었다고 기억했다.

"바우도 처음에는 착실했지요. 철도 공무원 자녀라고 해서 아버지가 일했던 보선반에 취직도 했고 따북따북 돈 모아 집도 사고 잘 살았다요. 딸도 하나 낳고 ···."

무슨 말을 할 듯 하다가 주춤하는 앵남댁에게 "저한테 감출 것 있으신가요?"라고 했더니 "친구 잘 못 만나서 신세를 조진 꼴이지요"라고 하였다.

조금 긴 이야기를 요약하면 앞 동네 살던 박신규의 선배가 부부 싸움 끝에 아내를 죽였는데 하필 그 자리에 있었던 박신규는 그 선배의 부탁으로 죽은 사람이 싸우다가 가출한 것으로 묵인하고 몰래 묻어주는 일을 했다.

그 일로 박신규는 살인 방조와 사체유기죄로 구속되고 꼬박 4년간 감옥 생활 후 출감했으나, 부산댁으로 불렸던 박신규의 아내와 아이는 사라진 후였다.

"젊은 여자가 객지에서, 더군다나 안 좋은 일로 감옥 간 서방을 기다릴 수 없었겠지요. 여자 나무랄 일도 아니어라우. 바우가 몇 년간

백방으로 찾아다녔지만 외국으로 가버렸다던가? 아무튼 못 찾았어요. 그러면서 바우가 미친놈 되었제라. 그렇지만 술주정은 심해 이따금 소란을 피워도 사람 패지는 않고, 또 마을 행사 때마다 순정이가 많이 도와주었기에 마을 사람들이 참지요."

앵남댁의 그런 증언을 나름대로 편집하고, 다른 마을 사람들에게 들었던 풍문에 가까운 입담에 근거하여 몇 개의 가설을 설정하고 불완전한 검증을 근거로 피상적인 직관에 의한 나름의 추론만으로 만족할 수밖에 없었다.

우선 박신규는 아무리 술을 먹어도 자신 신상에 관한 내용이나 아픈 과거는 결코 들먹이지 않았는데, 그런 점으로 미루어 볼 때 자의식이 강한 사람이다.

그리고 성장 과정과 살아온 과정에서 조실부모하고 거기에 원치 않은 징역살이 또 여자와 생이별로 인한 울분을 품고 사는 사람이다.

또 전과자라는 딱지 때문에 마을 사람들로부터 불신당하면서 입은 피해 의식이 깊은 사람이다.

알콜 중독 증세로 인한 주벽이 심한 편이나 그렇다고 타인에게 물리적인 폭력을 행사하지는 않는 사람이다.

그렇게 현상적인 결과만 정리했으나 박신규와 좀 더 가까이 접근하려는 노력은 하지 않았다.

인상 깊은 삽화 한 장면.
구름 낀 가을날 오후, 마을 뒷산으로 산책갔다가 마을 위쪽의 박신규 집 앞을 지나려는데 '바위고개'라는 노래가 들렸다.

열려있는 사립문 앞에서 인기척을 했더니 박신규가 "정리 좀 하고 있습니다." 하는 말만 전해오고 얼굴은 비추지 않았다.

내가 마당에 들어서니 그때서야 모자를 눌러쓴 박신규가 손을 털고 나왔다.

"일 안 나갔어?"

"요즘 몸이 안 좋아 좀 쉬는 구만이요."

"어디가 아픈가? 아프면 병원에 가야지. 조금 마른 것 같네."

"여름 감기인 모양이요. 곧 낫겠지요."

"방금 그 노래를 자주 부르는 것 같던데…?"

"노래 뜻도 모르는 무식한 인간들이 첫 소절만 듣고 나를 바우라고 부르기 시작했다요. 물론 바위처럼 말이 안 통하는 놈이라는 뜻도 담았을 것이요. 이제는 내 앞에서도 이름 대신 바우라고 부르는데 나도 그러려니 하고 사요."

"바위고개라…? 사연이 있는 것 같은데…?"

그 말에 박신규는 한참 내 의중을 살피듯 나를 똑바로 보더니 "사연은 무슨…. 세상에 자기만의 힘든 고개를 넘지 않은 사람이 얼마나 있던가요?"라고 하면서 할 일이 남았다며 고개를 돌렸다. 술에 취한 박신규의 눈빛이 아니었다. 가슴이 서늘해졌으나 더 물을 수 없었다.

"그렇게 노래로 마음 풀고 살소. 끼니 거르지 말고. 김치라도 좀 갖다줄까?"라고 했더니 박신규는 "앵남 아짐이 새 고추로 담았다고 준 김치도 있다"라고 사양했다.

그리고 낮은 소리로 바위고개를 부르기 시작했다.

"…십여년간 머슴살이 하도 서러워 진달래꽃 안고서 눈물집니다."

그런 가사와 함께 가슴에서 올라오는 신음을 담은 듯 아랫배에서 올라오는 소리를 들으면서 어둠이 내리는 길에서 한참을 서 있었다.

그해 겨울 박신규는 보이지 않았다.

전에도 가끔 먼 지방으로 장기간 일을 간 적이 있음을 알고 있던 마을 사람들은 박신규의 술주정을 보지 않은 사실만 다행으로 여겼다.

그러나 박신규는 설이 가까웠음에도 나타나지 않았다. 휴대폰도 정지상태였다.

그때서야 마을 사람들은 박신규네 집을 수색했지만 잠겨있지 않은 냉기 가득한 방 안에는 홀아비 살림살이만 가지런했다.

순정이에게 전화를 했던 앵남댁이 '바우'는 서울에 있다고 했는데 자세한 내막은 알려주지 않는다고 했다.

이따금 마을 사람들이 모이는 자리에서 '바우' 이야기를 꺼내는 사람도 있었지만, 그럴 경우 박신규를 귀찮은 존재로 취급했던 이장은 "잘 사는 누님 집에서 잘 지내고 있겠지요"라며 이야기가 번지는 것을 막았다.

나 역시 이따금 산책길에 박신규의 집 앞을 지나다가 담장 너머로 기척을 살피긴 했으되 사립 안으로 들어가는 일은 없었다.

해를 넘긴 지난 5월 29일 낮.

말끔한 차림의 아주머니와 딸로 보이는 젊은 여자가 울타리 밖에서 머뭇거렸다.

"우리 신규가 윤선생님 이야기를 자주 했습니다."

"그래요? 지금 바우 아니 신규는 어디 있습니까?"

"지난 오월 초에 보냈습니다. 혈액암으로."

"예? 어떻게 그리 갑자기…?"

담담한 순정에 비해 오히려 내가 허둥댔다.

집안을 정리한다던 박신규의 야윈 모습이 떠올랐다.

그렇다면 나를 보던 눈빛이 다르다고 느꼈던 그 가을날, 박신규는 자신의 죽음을 예감하고 신변을 정리했던 것일까?

"어머니는 우리 신규가 열 한 살 때 겨울, 광주역에 근무하던 아버지 점심 도시락을 들고 사무실로 가던 길에 교통사고로 돌아가셨습니다. 그 일로 마음이 상하셨던 아버지는 우리를 설득하여 조용한 남평역으로 옮기셨지요."

"잠시 야외 탁자에라도 앉아서 말씀하시지요."

"혼자 계시는 것 같은데…. 그냥 간단히 용건만 말씀드리고 가겠습니다. 집을 정리하다가 우리 신규의 일기 비슷한 메모장 등이 담긴 박스를 찾았습니다. 죽기 전에 윤선생님께 드릴 것이 있다고 했던 말이 생각나 박스를 살폈더니 윤선생님 성함이 보이더군요. 아마 글을 쓰신다는 선생님께 자신의 한을 하소연하고 싶었지 않았나 여겨집니다."

박스 윗면에 '윤명하 작가님전'이라고 볼펜으로 쓴 박신규의 단정한 글씨가 보였다.

"신규는 중학교 때까지만 해도 공부 잘했고, 변호사가 되겠다는 야무진 꿈을 가진 모범생이었습니다. 노래도 잘해 학교 대표로 지역 예술제에도 나가 우수상을 받을 정도로 감수성도 풍부한 아이였지요."

술에 취한 신규의 고성방가를 이해할 수 있었다.

"친척들한테 흘려놓은 이야기를 간추린 내용이지만, 아버지는 히로시마 피폭자였습니다. 본부인과 사이에 아들을 낳았지만 선천적인 장애로 일찍 죽었고, 부인도 원자병으로 돌아가셨다고 들었습니다. 결국 아버지도 그 병으로 돌아가신 셈이지요."

"히로시마? 원폭 피해자…. 혹시 신고는 안 하셨을까요?"

"아버지는 그런 사실을 감추고 싶으셨던 것 같습니다."

우리 역사에 감추어진 비극.

자료에 의하면 원자병의 후유증으로 가장 많이 나타나는 증세가 혈액암이다.

분명히 원폭 피해자가 틀림없음에도 인정받지 못하는 경우가 많다는 사실, 후손들에게 다양한 형태로 나타나는 후유증으로 고통을 받고 있다는 사실을 알고 있기에 더 듣고 싶었으나 순정은 다른 이야기를 계속했다.

"갑자기 아버지가 돌아가신 후 작은아버지가 신규를 대학까지 책임지겠다면서 아버지의 퇴직금이며 모아놓은 돈을 차지하고 신규를 부산으로 데려갔습니다. 사실 신규와 저는 아버지가 다른 형제였습니다. 제 생부는 저를 입적하기도 전에 돌아가셨다고 했습니다.

그러다 지인의 소개로 두 분이 만나셨고 신규를 낳고 저도 아버지의 딸로 입적시켰던 것이지요. 그리고 한없이 깊은 사랑을 주셨지요. 그날까지도 그런 사실을 전혀 몰랐는데 작은아버지라는 사람은 그런 사실을 밝히면서 저는 친조카가 아니라고 선을 그었습니다. 제가 대학 졸업반 때의 일이었습니다."

그래서 어떻게 살았느냐고 묻는 것은 바보스러운 질문일 것이다.

순정의 얼굴을 다시 보면서 고개만 끄덕였다.

"저한테는 그럴 수 있다지만 신규는 겨우 고등학교만 졸업시키고 말았습니다."

"그렇다면 왜 신규는 하필이면 이곳으로 다시 왔을까요?"

"어린 시절을 보낸 곳이고, 마침 철로 보선반에 일자리가 생겼습니다. 그보다 사귀던 금옥이 집의 반대 때문에 이곳으로 도피했던 측면도 있었습니다. 지금의 집도 마련하고 그런대로 사는가 싶었는데…."

더 듣지 않아도 이미 아는 일이다.

"그럼 신규는 왜 이 마을을 떠나지 않았던 것일까요?"

"제가 여러 번 데려가려고 했고 재혼도 권했어요. 그러나 막일을 해도 고향이나 다름없는 이곳을 뜨기 싫다고 했지만…, 사실은 떠나간 금옥이 때문이었습니다. 신규가 감옥에 간 뒤 친정 부모 형제들이 금옥이와 딸 수림이를 강제로 끌고 가 감춰버렸으니 생이별한 당한 셈이지요. 출옥 후 금옥이 집에 찾아갔다가 주거침입에 기물 파손 등을 걸어 구속시키는 바람에 다시 근 1년간 고생하다가 출감했습니다. 그래도 신규는 금옥이가 수림이를 데리고 다시 올 것이라는 기다림 때문에 이곳을 떠나지 않았던 것입니다. 내 동생이지만 참 순수한 면도 많았습니다."

아내와 딸을 그리며 '바위고개'를 불렀을 박신규의 소리가 환청처럼 아련히 들렸다.

"체중이 줄고 머리가 다 빠지는 것도 그랬지만 음식을 못 먹을 지경이 된 뒤에야 저에게 왔더군요. 너무 늦었다고 했습니다. 의사에게 아버지의 원폭 피해와 신규의 암과 인과관계를 물었더니 꼭 연관 지어 단정할 수 없다더군요. 피폭을 당한 일본인들의 후손에게 나타나는 갖가지 질병도 원폭의 영향임을 인정하지 않는다고 했습니다."

놀라움, 의문, 안타까움 그리고 잔잔한 분노가 회오리치는 가슴을 가만히 눌렀다.

"어린 나이에 부모를 보내고 작은아버지의 배신으로 인한 꿈의 좌절, 예상 못 한 사건에 연루 그리고 사랑하는 처자식과 생이별, 원폭 피해자인 아버지로부터 내림 받은 병…. 외적인 요인에 의해 부서진 신규의 짧은 일생을 운명이었다고밖에는 달리 설명할 수 없겠지요."

순정이 담담하게 남긴 말이었다.

그의 내면을 보려는 노력 없이 한 마을에서 불편한 공존을 피하기 위한 회유의 대상으로 여기면서 가끔 반찬을 선심 쓰듯 덜어주고, 라면 몇 개 챙겨주었던 속물스러운 나의 의도를 박신규는 순수한 호의로 받아들이고 있었다니!

그의 이상한 술버릇은 험한 삶의 고개에서 부르는 내밀한 그리움을 담은 취시가醉時歌였던 것을…!

초여름 어느날, 이장은 박신규가 살던 집이 팔렸다는 말을 전했다.

하지만 나는 아직 박신규의 고단한 삶의 흔적이 담긴 상자를 차마 열지 못하고 있다.

유별留別의 詩가 걸린 풍경

열려있는 대문을 들어서니 아담한 붉은 벽돌 주택과 잔디밭 주변의 여러 나무와 둘레의 노란 수선화 무리….

낯익은 미지원美芝園, 헐렁한 평상복 차림에 낡은 목장갑을 끼고 단정하게 다듬어진 소나무 주변을 서성이는 아버지.

아버지의 모습이 의외였기에 잠시 머뭇거리는 나.

"어서 오너라. 나도 금방 나왔다."

아버지가 먼저 알아보고 느리게 손짓했다.

"아직 날씨가 차가운데…, 괜찮으세요?"

"괜찮다. 중근이는 조금 늦을 모양이다."

나무를 살피기 위해서 밖으로 나온 것이 아니라 자식이 도착할 시간에 맞추어 밖에서 기다렸다는 아버지 마음이 따뜻하게 전해진다.

미지원은 어머니의 이름 끝 자인 미를 따서 붙인 이름인데, 지芝는 선초仙草를 뜻하지만 갈 지之의 뜻도 담았다면서 아버지는 '네 엄마인 순미의 정원이면서, 아름다움이 시들지 않는 정원이라는 의미가 있다'라고 설명했다. 그걸 들은 며느리들은 어머니를 향한 아버지의 깊은 사랑이 느껴지는 이름이라고 손뼉을 쳤다.

어머니의 정원이면서 오랜 시간 공들여 가꾼 아버지의 이상향, 미지원.

은은한 향기와 함께 수선화의 노란빛이 가득한 정원에 모처럼 아버지와 나란히 섰다. "네 처도 수선화를 좋아한다고 들었다."

해마다 3월이 되면 피기 시작한 미지원의 수선화는 곳곳에 무더기로 피어 넓은 정원을 환하게 밝혔다. 어머니는 그런 그림을 휴대폰 카메라로 찍어 며느리에게 자랑삼아 보냈다. 한번 다녀가라는 간곡한 바람을 외면했던 아내는 하찮은 시골 풍경이라는 듯 "흔하디흔한 수선화를…." 하면서도 어머니에게는 극히 의례적이고 정중하게 "잘 보았습니다. 예쁘네요"라는 답장은 잊지 않았다.

시어머니와 정서적 교감도 없고, 나무나 꽃들의 영혼에 관심도 없는 아내에게 미지원은 자신의 지분이 담겨있는 부동산일 뿐이다.

결혼 3년 차 임에도 집을 장만하기 전까지 아이를 갖지 않겠다며 버티는 아내.

걸핏하면 가파른 전세금 인상과 물가 상승을 들먹이면서, 명문 대학을 나와 일찍이 대기업에 취업하였고 강남에 중형 아파트를 소유한 동생 부부를 부러워했다.

지방대학 출신에 서른 넘어 시작한 하급 공무원이 자신의 힘으로 서울에 집을 장만하기란 불가능하다는 사실을 계산하는 태도였다.

일주일 전, 아내는 친정 식구들과 함께 미국에 자리 잡은 처남의 초청을 받아 왕복 항공료만 부담하면 거의 공짜여행이나 다름없는 기회라면서 몇 년간 다니던 작은 무역회사까지 가볍게 잡아 치우고 미국으로 떠났다.

"다음 기회에 나랑 함께 가면 안 될까? 아버지 상태도 불안하고…."

시한부 판정을 상기시키며 만류했음에도 오히려 아내는 설렘에 감추지 않고 "아직 육 개월이 되려면 멀었잖아…"라고 비정하게 들리는 말을 남기며 떠났다.

그런 아내가 아주 낯선 타인으로 보였으나 화를 속으로 삭이는 수밖에 없었다.

딸의 그런 행동을 말리지 않은 장인 장모에 대한 서운함도 컸다.

"수선화는 꽃 하나도 아름답지만 역시 가족을 이루어 필 때가 더 아름답다. 누가 봄바람에 살랑거리는 연약한 모습으로 그리고, 나르시시즘이라는 이야기를 붙였는지는 모르지만 내가 관찰한 바로는 이월 추위가 극성일 때 새순을 대지로 밀어 올리는 생명력이 강한 식물이다. 작은 체구에 빛은 또 얼마나 멀리 가는지…, 빈 정원에 다른 꽃들이 오는 길을 밝히는 등燈이요 봄의 전령사다."

꽃에 관한 아버지의 설명은 늘 길었다. 계절에 피는 꽃이 미지원에 들어오기까지의 과정과 꽃의 특징과 생육 조건 그리고 꽃말에 자신의 감상까지.

"수선화는 여러해살이 구근류인데 악조건에서도 번식력이 뛰어난 식물이다. 가족이란 부부만의 결합이 아니라 굳센 사랑의 결실이 있을 때 수선화처럼 더 강인해지고 아름다워지는 법이다."

손자를 기다리는 아버지의 속내를 우회적으로 드러낸 말이다.

"기온이 찬데 그만 들어가시지요."

당신의 말을 거북하게 받아들이는 자식의 뜻을 못 읽은 것일까.

재차 "들어가서 말씀하시지요." 하고 권유했으나 아버지의 설명은 깊이를 더했다.

"꽃은 보이지 않는 생의 이면에 감추어진 그리움을 자극하는 존재다. 정서적인 면에 둔감해진 노인들의 눈물까지 기화시켜 위로의 미소를 만들고, 원망과 슬픔도 승화시켜 평화의 길을 열어주는 존재다."

'살다 보면…'이라는 구체성 없는 핑계를 대며 꽃을 잊은 사람들이 가득한 세상에 살면서, 꽃에 대한 감성이 둔감해진 자식에게 들려주고 싶었던 이야기였을까.

그런 아버지의 모습에서 수업 중 듣는 학생들의 반응을 고려하지 않고 진도를 나가던 교사들이 떠올랐으나, 아버지의 육체적 고통과 상실감을 어림하면서 잠자코 듣는 나.

"꽃도 그렇지만, 나무는 사람들에게 끝없는 기다림이 얼마나 소중한 가치인지 가르쳐주는 존재다. 단군 설화에 나오는 신단수와 부처님과 관련 있는 보리수를 들먹이지 않더라도 예로부터 나무는 하늘과 인간을 중재해주는 신성한 존재였고 신앙의 대상이었다. 우리의 민간 신앙에도 영적인 존재로 경배의 대상이 되었던 나무들은 많지 않더냐. 미지원에 있는 나무들도 나에게는 옛 마을의 당산나무와 다르지 않다."

"그렇겠지요. 인간에게 산소를 공급하고 추출된 펄프는 인간들에게 옷감이나 화장지 같은 생필품의 원료가 된다고 들었습니다. 요즘은 나무들에서 인간의 치료에 도움이 된다는 피톤치드라는 물질을 내뿜는다고 들었습니다."

아버지의 의미를 담은 설명과 어긋난 무성의한 대꾸.

"나무는 인간에게 볼 수 없는 많은 덕목을 갖춘 귀한 존재로 인간의 정신세계를 어루만지고 마음까지도 안정시켜주는 기능을 한다. 난치환자들이 숲으로 들어가는 까닭도 깨끗한 산소와 피톤치드라는 물질의 도움을 기대하는 점도 있고 또 그보다는 나무에게 영적 기운이 있음을 알고 있기 때문이다. 나무는 단순한 식물이 아닌 거칠어진 인간의 심성을 치유하고 인간의 소망을 하늘로 연결해주는 신성한 존재다."

아버지의 독특한 경험에서 비롯된 소회에 다른 사람의 주장을 빌린 설명이다.

"나무들이 해마다 쑥쑥 큰다. 회초리만한 굵기였던 모과 묘목은 이제 기대어도 좋을 만큼 자랐고 뽕나무 그늘은 수십 명을 품을 만큼 넓게 되었다. 어느덧 나무는 내가 보살피는 존재가 아니라 나를 품어주는 존재가 되었는가 싶다."

"나무들도 아버지께 감사할 것입니다."

"요즘은 유실수를 좀 더 많이 심었더라면 하는 아쉬움이 없지 않다. 그랬더라면 너희들에게 추억거리가 더 많이 생겼지 않았을까 하는 생각도 든다."

구체적으로 '너희들…'이라는 범주 속에 아직 생겨나지도 않은 손자들을 포함하고 있음을 느꼈던 까닭은 아버지에 대한 미안한 마음 때문이리라.

"추억이란 지난 시절 무슨 놀이로 쌓이는 선물이 아니다. 또 꼭 의미 있는 시간의 흔적들만이 추억일 수는 없다. 혼자 어떤 공간에 갔다가 보고 느꼈던 일들도 지나고 보면 아름다운 추억일 수 있는 법이다."

가르치고 훈계하는 일을 평생의 직업으로 삼았던 아버지에게 기회만 있으면 자신의 지식과 철학을 강조하는 일은 단단한 습관이었다.

그렇다고 매사에 자기주장이 강했던 사람은 아니었다.

"모난 돌이 정 맞는다. 내가 하고 싶은 말을 다 하면서 살 수 있는 세상이 아니다. 그렇게 살다가는 자신을 지키기도 어려운 경우가 많지. 적절하게 상황을 살펴 처신하는 일은 기회주의라기보다는 삶의 지혜다."

나와 동생을 앉혀놓고 그런 말을 자주 했는데 지금 생각하면 아버지의 삶은 정작 시비를 가리는 일이나 윗사람의 부당한 지시에 맞서기보다 자신과 가족의 평화를 위해 입을 다물었지 않았나 싶다.

그런 아버지의 인생관이나 가치관에 대한 문제를 제기해 본 적이 없었다.

"스스로 원하는 자리를 골라 뿌리를 내린 나무가 없듯이 사람의 출생도 자신의 의지와 희망에 따른 선택은 아니다. 그런데 현재의 자리에서 자연에 순응하며 주변과 조화를 이루며 사는 나무에 비해 사람은 자기만이 의식 있는 우월적 존재이며 주변의 사물과 공감하는 능력이 있다고 착각한다. 자세히 보면 나무는 각자 사는 것 같지만 모여 살고, 사람은 모여 사는 것 같지만 각자 사는 것 같더구나. 또 나무는 나이를 안으로 새기면서 본질은 변하지 않는데 사람은 나이를 겉으로 먹으면서 본성까지도 바뀌는 것 같더구나."

오래 쌓인 체감과 사색의 깊이.

"한 단계 성장할수록 부모 형제의 정은 엷어져 나중에는 과거에 묶인 타인이 되고, 가족도 개별화된 개인의 집합처럼 되어가는데, 그것이 사회적 현상이라는 하나의 흐름이라고 하더라만…, 그런 현상을 지적하고 비판하면서 옛날의 윤리와 도덕을 강조하면 꼰대라고 한다더구나. 그래, 젊은 세대를 압박하는 요인이 되고 어쩌면 또 다른 죄의식을 키우는 추상의 가치가 될 수도 있겠지. 그러나 많이 안타까운 것이 솔직한 심정이다."

시류와 자식들의 마음을 짐작할 수 있다는 말, 인간적으로 서운하지만 기대하지 않는다는 체념이었다.

"해 떨어지니 금세 기온이 달라지는 것 같습니다. 그만 들어가시지요."

"사람은 태어나서 성장하고 자신의 가정을 이루고 늙고 병들어 죽음에 이르는 과정에서 수많은 사물과 만나고 헤어지는 동안 정신적 정서적인 우화羽化를 통해 변신한다. 그러나 나무는 우화가 없다. 사람은 늙으면 추해지지만 나무는 나이를 먹을수록 아름다우면서 강건해지는데 그건 사람보다 감정의 빛깔이 순수하고 더 맑은 영적인 기가 있기 때문이다. 세상에 선하지 않은 나무는 없다. 나무는 인류에게 희망을 주는 특별한 존재다. 흔히 천사는 날개를 단 사람의 형상으로 표현하더라만 나는 나무들도 천사의 다른 모습이 아닐까 생각한다.”

그간의 세월을 이겨낸 아버지의 정신세계와 현실 생활의 체험이 육화肉化되어 자연스럽게 표출된 한 편의 소박한 시화詩話.

“매실이 꼴을 갖추고 콩알만큼 자랐더라”라는 말을 남기고 아버지는 엷은 회색의 구름이 가득한 하늘 저편의 무엇인가를 찾은 것처럼 걸음을 멈추었다.

아버지는 구름 너머에서 무엇을 찾았던 것일까?

아니면 무슨 소리를 들었던 것일까?

아직은 아버지와 나의 심리적 간격이 크고 시간과 공간에서 느끼는 감정의 부조화가 있을지라도 꽃과 나무를 또 다른 자식으로 또 가족으로 여겼을 아버지의 마음을 조금은 이해할 수 있었다.

“성당은 아직도 안 나가지?”

부모님의 뜻에 따라 유아세례를 받았으나 고등학교 시절부터 냉담자가 되어버린 나의 행로에 대해 가타부타 말이 없었던 아버지였는데 뜻밖의 질문이었다.

“아직은…. 좀 더 생각해보겠습니다.”

“이런 몸 때문에 나는 갈 수 없지만…. 음악은 우주에 떠도는 소리에 질서를 잡아 하느님께 드리는 기도 아닌가 한다. 네 어머니는 주일 낮 미사의 성가대 반주를 한다. 네 어머니의 또 다른 기도겠지.”

어머니가 자신의 몫까지 다 한다는 뜻이었다.

“교회는 나보다는 타인과 우리를 품어주는 공동체를 위해 기도하는 곳이다. 사람의 언어는 한정된 공간에서 금세 소멸해도 타인을 위한 기도는 나무가 내뿜는 산소처럼 보이지 않는 힘이 되고 위로가 되어 몸과 마음의 평화를 지켜준다. 구원이라는 의미는 죽어서 천국을 간다는 뜻 이전에 못된 짓을 반성하고 더는 나쁜 사람이 되지 않겠다는 회개의 마음으로 살아야 한다 뜻이다. 기도는 성찰이며 회개를 통해 자신을 구원하는 또 다른 길이 아니겠느냐."

편안한 마음으로 성당에 나가라는 가벼운 압력으로 들었으나 나는 선뜻 '그렇게 하겠습니다'라는 약속을 하지 못했다.

"이제 목표를 세울 수 없는 처지. 집착도 버리고 나를 구속하는 것도 정리하면서 시간을 보낸다. 좋았던 시간의 기억을 반추하고 인생에 대한 예습이 아니라 복습하는 마음으로 산다."

"어머니와 저희를 생각해서라도 힘내십시오"라는 말을 중얼거렸다.

"나를 위한 네 어머니의 기도와 너희들의 응원에 감사한다. 살아온 날에 대한 회한과 아쉬움도 크지만 이제 나에게 주어진 모든 상황을 다 받아들인다."

황혼의 시간과 노란색 수선화와 아직 잎이 없는 배롱나무 곁에 선 병든 아버지의 담담한 모습도 한 장의 애잔한 풍경이었다.

"간과 췌장에 동시에 나타났다고 하는데 김박사는 전이가 아니라 2차 암이라고 하더구나. 간 쪽은 다발성 종양으로 큰 것은 1.6cm나 되기에 우선 방사선 치료가 가능하지만, 그보다 더 큰 문제는 췌장이라는데 손을 쓸 수 없다고 했다. 수술 이후 성당에 열심히 나가면서 해롭다는 음식은 입에 대지도 않았고, 비 오는 날에도 우산을 쓰고서라도 걷기를 거르지 않았던 사람인데 왜 그렇게 되었는지…. 본인 심정이 오죽하겠느냐?"

지난해 연말, 아버지의 남은 시간이 길지 않으리라고 했던 어머니의 숨죽인 흐느낌이 기억되면서 다시 가슴에 파문이 일었다. 죽음이 일상의 한 부분이라고 해도 아직은 받아들이기 어려운 아버지의 나이를 생각하니 억울했다.

아버지를 부축하고 거실에 들어서니 어머니는 아버지와 나의 움직임을 지켜보았다는 듯 "설계에서 나무 한 그루 심는 일까지 남의 손을 빌리지 않고 해냈으니 감상이 남다를 수밖에 없으시겠지. 요즘도 틈만 나면 정원에서 사신다"라면서 아버지의 안색을 살폈다.

"이제 암도 낫기 어려운 불치병이 아니라 장기 치료를 요하는 만성질환으로 보는 의사들도 많습니다. 어머니가 식사 관리 잘하시고 아버지도 워낙 의지가 굳은 분이기 때문에 그렇게 적절하게 운동하시면 이겨내실 것입니다."

의례적인 내 말을 못 들은 척 어머니는 아내의 일을 물었다.

"네 처는 언제쯤 돌아온다니?"

유독 공짜임을 강조하며 미국 여행을 자랑했을 철부지 며느리에 대한 서운한 감정이 그대로 전해진다.

"한 달쯤 있다가 온다니 사월 중순 경에는 돌아오겠지요."

"오래도 있구나. 그런데 중근이 처는 무슨 일이 그렇게 바쁘다니? 중근이 녀석은 제 처 이야기만 나오면 입을 다문다. 사이가 안 좋은 것 같은데…. 너희들끼리는 통하는 바가 없어?"

"저도 모릅니다. 증권회사 일이 많고 복잡하다는 사실밖에는."

"여자라고 앉아서 놀아야 한다는 말은 아니지만 다른 일도 아니고 좋지 않은 시아버지의 상태를 알면서도 번번이 빠지는 모양새가 그렇다. 하긴 가족의 개념이 예전 같지 않다고 하더라만."

"사정이 있어서 못 온 것이겠지. 오지 않은 사람 이야기를 창근이한테 왜 하는가?"

아버지의 말에 어머니는 애써 한숨을 감추었다.

대학 졸업과 동시에 대기업에 취업한 동생은 또래보다 조금 빠른 20대 중반의 나이에 동갑인 여자와 서둘러 결혼했다.

"즈이 둘이만 좋다면야…."

상견례를 마치고 돌아온 어머니는 여자의 인상이 차갑다면서 그리 달가운 기색이 아니었다고 기억한다.

어떻든 자식은 없어도 그런대로 잘 사는가 싶었는데 2, 3년 전부터 내 눈에도 두 사람 사이가 매끄럽지 않게 보이기 시작했다.

어머니는 당연히 동생과 그의 처에게 무슨 일이 있느냐고 물었던 것 같은데 의문은 풀리지 않는 듯했다.

동생의 처는 아내보다 네 살이 더 많다.

그렇다 보니 아내는 아무리 손아래 동서라고 하지만 함부로 묻지 못했다.

"이혼하지 않은 것으로 봐서는 심각하지 않은 듯하네요. 일종의 권태기일 수 있으니 곧 좋아지겠지요." 하고 남의 일처럼 넘겨버렸다.

어머니의 근심거리가 되어버린 동생 부부의 문제는 나 역시 바라볼 수밖에 없었다.

"네 아버지가 중근이 염려를 많이 하신다."

두 아들의 손자 손녀를 기다렸던 아버지는 그런 희망을 직접 말한 적이 없었다.

오히려 "요즘은 자식이 필수가 아니라 선택이라고 하더구나. 맞는 말인지는 모르겠다만, 혈연관계가 희박해지고 가족의 해체가 심각해지는 세태를 나무랄 수 없는 시대라니 나는 너희들의 선택을 존중하겠다. 어차피 자식도 한 인간으로 홀로서기를 하면 멀어질 수밖에 없고 삼대만 내려가면 남남이 된다더구나"라며 손자를 보는 기대를 접었다는 뜻을 밝혔다.

미안함이 없다면 거짓말이다. 애써 아버지 눈길을 피해 고개만 끄덕였다.

"직장 든든하고 그 나이에 서울 그것도 강남에 집 장만하기도 쉽지 않습니다. 너무 신경 쓰지 마세요. 두 사람이 어련히 알아서 하겠습니까? 성가시게 안 하는 것만도 다행으로 여기고 그냥 모른척하세요."

어머니도 사람이 자라면 부모를 떠나 새로운 가족을 이루고 부모와 점점 멀어진다는 사실을 모르지 않았을 것이다. 그렇지만 너무 멀리 있는 자식들, 자신들의 문제에 매몰되어 부모들의 아픔을 제대로 보지 못하는 자식들이 많이 서운했을 것이다.

어머니의 깊은 한숨의 의미가 가슴에 순간의 울림으로 남았으나 어머니를 위로할 수 있는 말을 찾기 어려웠다.

자신의 차로 예정보다 조금 늦게 도착한 동생을 기다렸던 저녁 시간.

두 아들을 위한 어머니의 솜씨가 돋보이는 식탁, 외형만 본다면 어린 시절의 기억을 살리는 만찬이었다.

"메이저 병원은 다르게 볼 수도 있고, 또 요즘은 맞춤 표적 치료를 한다고 들었습니다."

내 말에 아버지는 "너희들 마음은 알겠으나 서울 병원에 가더라도 달라지지 않을 것이다. 지난번에도 너희들 말 듣고 다시 서울로 갔었으나 결과는 같지 않았더냐. 암의 부위와 진행 정도에 따라 방사선 치료와 항암의 매뉴얼은 세계 공통이라고 들었다. 요즘은 지방 병원도 시설이나 기술 면에서 뒤떨어지지 않는다. 그리고 김박사 말이 아니더라도 내 병은 내가 안다"라고 했는데 이미 준비해둔 답이었다.

"아이들 말을 들읍시다. 치료는 여기서 하더라도 다시 검사만이라도 받았으면 좋겠어요."

"당신이나 아이들 마음은 잘 알아."

잠시 목이 메이는 듯 손사래를 치며 아버지는 가만히 숟가락을 놓았다.

"모든 병은 유전적 요인도 있다고 하더라. 그래서 병원에 가면 문진 과정에서 가족력을 묻지 않더냐."

"알고 있습니다."

동생의 대답이 빨랐다.

"나의 친가나 외가 쪽을 살폈으나 암으로 돌아가신 분은 없었다. 그래서 하는 이야기다만 내가 병이 난 첫 번째 원인은 음식 때문이 아니었나 싶다. 젊은 날부터 술과 고기, 특히 고기라면 가리지 않고 구워 먹기를 즐겼어. 폭음하는 경우도 많았고 거의 매일 반주라도 안 마시는 날이 없었다. 거기에 담배는 또 얼마나 피워댔느냐. 아마 그런 것들이 일차적인 원인이 아니었나 싶다. 직장생활을 하다 보면 술을 피할 수 없겠지만 가급적 안 마시는 편이 좋다."

"형은 아버지를 닮아 술이 셉니다."

나한테 당하고 아버지한테 일러바쳤던 초등학교 시절의 모습을 장난스럽게 연출하는 동생. 의도적으로 술을 좋아했던 아버지와 술을 많이 마시는 나를 향한 쓴소리를 담아 어두워진 분위기를 바꿔보려는 심사도 없지 않았을 것이다.

아버지도 슬그머니 미소를 지었다.

"스트레스도 암의 주요 원인이라고 들었다. 특히 소화기 계통의 암은 스트레스로 인한 비율이 높다고 하더라. 하지만 스트레스 받을 일을 피할 수 있다면 좋겠으나 직장의 특성상 그럴 수는 없겠지. 정기적으로 운동을 하거나 취미 생활이 스트레스 해소에 도움이 된다더라. 나는 평생 학교 일밖에는 몰랐던 사람이다. 명색 국어 선생을 했어도 수필 한 편 쓰지 못했고, 하다못해 짧은 생활일기조차 멀리 하고 살았던 점은 지금 많이 후회되기에 하는 말이다."

동생이 다시 "일단 형 말처럼 서울로 가셔서 다시 검사를 받아보시지요." 하고 권했다.

어머니도 재빨리 "아이들 말대로 합시다." 하고 거들었다.

"모든 것을 나한테 맡겨라. 남들은 숲 치료를 받는다고 산속으로 간다더라만 마을 주변이 온통 산이요 또 우리 집도 자연 속에 있으니 일부러 찾자고 해도 이보다 더 좋은 여건을 만나긴 어려울 것이다. 그리고 내 집보다 더 편한 곳은 없다. 처음에는 억울하고 화도 났지만 이제 다 받아들이고 있다. 지금 나의 바람은 마지막 순간까지 인지능력을 잃지 않고 또 대소변을 못 가리는 등 추한 모습을 보이지 않고 싶다만…, 네 어머니가 잘 도와주고 있으니 그리 될 것이다."

아버지의 말이 끝나기도 전에 어머니는 빈 그릇을 주섬주섬 모아서 가만히 일어나 개수대로 가더니 수돗물을 크게 틀었다.

"요즘 존엄사가 사회적 화두가 된 것 같더라. 정신과 육체가 회생할 수 없는 상태임에도 단순히 숨만 쉰다고 연명치료를 계속하는 일은 오히려 가야 할 사람을 욕되게 하는 짓 아닌가 싶다. 이미 너희들에게 많은 이야기를 했고 또 네 어머니한테 일러둔 바가 있으니 더 남기고 싶은 말도 없다. 만에 하나, 정 안 되겠다 싶으면 호스피스 시설로 보내 네 어머니 고생을 덜었으면 한다."

단란한 가족의 정경과 어울리지 않는 대화는 신만이 보고 들었을 것이다.

"네 어머니와 한 가정을 이루어 너희들을 보며 살았던 세월이 감사하다. 오늘 너희들 보니 어렵고 힘든 길을 멀리 돌아서 처음의 자리에 온 것 같아 마음이 편안하구나. 가장 가까운 사람이 가장 소중하다는 사실을 잊지 말아라. 편히 쉬었다가 내일 아침 일찍 떠나거라. 귀한 만남도 고통스러운 이별의 순간도 다 지나가는 것이다. 나는 좀 쉬어야겠다."

같은 말일지라도 시간과 장소 그리고 말하는 사람의 음성의 고저와 장단 빛깔 그리고 말하는 사람의 표정에 따라 주변의 분위기는 바뀌고 듣는 사람들의 느낌도 달라진다.

내용이 특별하지 않았음에도 감성을 자극하는 미묘한 빛깔의 아버지의 음성에 어머니는 복받치는 감정을 절제하듯 숨을 죽였고, 곧잘 싱거운 말로 심각한 분위기를 반전시키던 동생도 아버지의 등을 보다가 고개를 숙였다.

법대를 나와 국어 교사가 되었다는 사실로 미루어볼 때 교직을 천직으로 여긴 선택이 아니라 삶의 방편으로 택했던 길이 아니었나 싶다. 교직 생활을 오래 했기에 매사에 설명이 조금 길었지만 그렇다고 자식들에게도 자신의 주장을 강조하거나 강요하는 고집스러움은 거의 없었다.

그런데 그날 아버지는 아주 자연스럽게 이승의 경계를 넘어가는 자신의 한 면을 보여주다니, 아직 쉬기에는 일반적으로 빠른 나이인데….

옷 위로 뼈가 드러난 아버지를 부축해 침상으로 가는 짧은 시간, 어린 시절 우리가 원하는 것을 아버지에게 부탁하면 더 빨랐던 기억이 떠올랐고 나와 동생에게 성적보다는 늘 우애 화목 평화 등의 덕목과 함께 가족의 가치와 소중함을 강조했던 아버지의 말이 들려 내 걸음도 휘청였다.

음악 교사였던 어머니가 동생을 임신하면서 몸이 붓고 피부가 갈라지는 임신 중독의 증세가 보여 교직을 접을 수밖에 없었는데, 우리를 어느 정도 키운 어머니가 복직을 시도했을 당시는 이미 중등학교에서 예체능 과목의 시간이 축소되어버렸고 학급감소로 인해 자리도 줄어 학교로 돌아갈 수 없었다고 했다.

초등학생과 중학생을 상대로 피아노 교실을 열어 가계를 도왔던 어머니를 기억한다. 그런 어머니의 희생과 도움이 없었다면 나와 동생이 학자금 융자를 받지 않고 대학 졸업은 불가능했을 것이다.

피아노는 교양으로 알아야 한다는 어머니의 주장에 나와 동생은 유년 시절부터 피아노 앞에 앉았으나 취미도 없었고 소질도 없어 중학교에 가면서 그만두고 말았다.

온 가족의 화음이 어울리는 가족 중창을 꿈꾸었던 어머니도 꿈을 접을 수밖에 없었을 것이다. 그런대로 두 아들이 공부 잘한다는 사실로 위안을 받았을 것이다.

동생이 먼저 취업하고 아버지가 퇴직 전, 뒤늦게 나도 자리를 잡자 어머니는 피아노 학원을 정리했다. 그리고 아버지와 함께 전원에 터를 잡고 꽃을 가꾸며 시골 성당의 성가대 반주자로 여생을 채우겠다는 계획에 만족했던 어머니였다.

아버지 회갑을 전후로 로마와 파리 그리고 알프스의 융프라우에도 다녀오고 자신의 회갑에는 아버지와 함께 스페인의 여러 성당을 순례하겠다는 꿈을 키웠는데 ….

"오직 아버지의 손으로 이렇게 만들었다는 사실이 놀랍소."

떠나기 전, 처음 구경하는 사람처럼 미지원을 찬찬히 둘러보던 동생의 나직한 감탄이었다.

아버지가 퇴직하기 5년 전, 당시 밭과 임야였던 현재의 미지원을 구입했으니 벌써 15년이 훨씬 넘었다고 기억한다. 제법 넓은 땅에 길을 내고 풍수지리를 참고하여 어디에 무슨 나무를 심을 것인지 구상했던 아버지였다.

"땅이란 정성과 기원을 담은 공간, 사람과 자연이 교감할 수 있는 편안한 공간이어야 한다."

그러면서 아버지는 차근차근 자신의 계획을 실행했다.

"너희들과 손자들의 고향을 만들어주고 싶다. 너희들이 아니더라도 먼 훗날 이곳을 찾는 사람들이 평화를 느끼고 심신이 지친 사람들에게는 치유의 공간이 될 수 있다면 좋겠지."

그때 동생은 그런 아버지를 두고 "고생을 사서 하신다"라며 투덜거렸다.

"자연의 힘도 무섭지만 사람의 노력도 세상을 바꾼다고 했다. 여긴 아버지가 품었던 이상과 철학과 믿음이 담긴 시적인 공간이다."

"시적인 공간? 하긴 시란 개인의 역사와 정서의 영역이니까…. 그보다는…, 지금 미지원과 나무들을 보면서 받은 느낌이지만, 미지원은 아버지에게 언젠가 떠나갈 자식들의 빈자리를 대신해줄 공간이었고 나무들은 또 다른 자식들이 아니었나 싶소. 늘 딸이 없음을 서운해했던 어머니에게 꽃들은 딸의 모습이 아니었나 하는 생각도 들고."

비로소 미지원에 쏟은 아버지와 어머니의 마음이 느껴진다는 뜻이었다.

"바쁘고 힘들게 산다는 핑계로 부모의 문제는 자식들이 전담해야 할 의무는 아니라고 여겼는데…, 아버지를 위하는 어머니가 안타까

운데…, 아버지 말씀도 틀리지 않은가 싶소. 하지만 형이 아버지를
좀 더 설득해봐요."

늘 부모의 일보다 자신을 먼저 챙기던, 그래서 조금은 야박하게
보였던 동생이었는데 의외의 진중한 언행이다.

"장인이 중원의 요양 병원에 계시는데 나를 찾으신다는 연락이
왔어요. 장모님의 전화로 봐서는 장인의 상태도 좀 심각하신 것 같
소."

"그럼 제수씨는 지금 그곳에 계신 거냐?"

"아마…. 형도 짐작은 했겠지만, 준희하고는 사실상 정리된 상태
요."

"이유가 뭐냐? 그럼 현재 별거 중이라는 말이냐?"

"요즘 티브이 예능 프로그램에서 나오는 쇼윈도우 부부라던가…?
가상 부부? 그런 형태라고 보면 될 거요. 처가에는 준희가 말해버린
바람에 좀 더 사실적으로 알고 있을 뿐이지요."

"자세한 내막은 모르지만 걱정된다."

"자식의 문제를 자신들의 문제로 생각하는 부모 세대를 이해하지
못했는데…, 요즘은 내가 한심한 놈이 된 것 같소."

구체적인 이야기를 피하는 동생에게 해줄 말은 많지 않다.

"기계적으로 정리할 수 없는 것이 부부관계 아니겠느냐. 그리고
자식이 혼인을 깨기 바라는 부모도 많지 않다고 했다."

"형은 가끔 오래 산 노인 같은 말을 해서 탈이요."

심각한 말을 피하고 싶다는 동생의 의도가 보인다.

"참, 엄마한테는 아직 우리 일을 알리고 싶지 않소."

"알았다. 하여튼 너도 마음을 낮추고 다시 생각해봐라."

"맛있는 것을 보면 먹고 싶은 것이 사람의 본성임에도 그걸 억제하고 보이지 않은 어른들의 몫을 먼저 챙기라고 강요하는 도덕과 윤리를 위선으로 여기고 반감을 가졌는데…, 능력과 노력에 의한 평등이 사회질서의 기준이 되어야 한다고 생각했는데…, 측은지심이 사람의 본성이라는 말이 맞는가 싶소. 아버지를 설득하기가 쉽지 않을 것 같지만, 그래도 형이 한 번 더 말씀드려보세요. 서울 가서 다시 전화합시다."

늘 당당했던 동생의 뒷모습이 조금 처지게 보였던 것은 나의 착시였을까.

동생을 보낸 후 반나절을 더 머물렀다.

어머니가 오전 미사에 다녀오는 동안 아버지를 지키겠다는 생각도 있었지만 그렇다고 특별히 아버지와 나눈 이야기는 많지 않았다.

아버지의 손이 들어간 흔적이 보이는 정원을 혼자 둘러보고, 아버지가 즐겨 듣는다는 텔레비전의 클래식 음악방송을 함께 시청했을 뿐이다. 시종 장남으로서 의무감이나 미안함을 넘어 나를 붙들어 매는 어떤 끈적임이 있다는 느낌이 아버지와 마지막 시간이라는 예감이었을까?

해가 기울어가는 시간, 대문까지 배웅나온 아버지는 가만히 내 등을 다독였다.

"새로 가족을 이룬 자식들에게 과도한 기대는 안 된다고 하더라만, 늘 건강하고 복된 가정 이루기를 기원하는 부모의 마음은 한결

같을 것이다. 가족은 보이는 존재의 결합을 넘어 영적인 교류가 통하는 관계여야 하는데 사람들이 변한 것인지 시대가 변했기 때문인지…, 틈을 내서 네 어머니한테 자주 전화하여라."

바위가 되어 내 가슴을 짓누르는 함축된 의미 이상의 묵직한 울림.

가만히 '알겠습니다, 아버지. 다음 주에 다시 오겠습니다'라는 뜻을 담아 아버지 손을 잡아주고 돌아서는데, 이번에는 아버지 곁에서 오른손에 묵주를 든 어머니의 기도가 눈시울을 흐리게 했다.

짧은 순간에 '혹시?' '설마….'가 벼락처럼 수백 번 교차했으나, 강렬한 예감만으로 다음 날 출근해야 한다는 현실적인 당위를 뒤집기 어려웠다.

"오늘 새벽 정원을 한 번 둘러보고 들어와서는 미음도 못 드시고 슬그머니 누우시더니…. 당신의 기도가 이루어진 것인지…, 응급실로 가는 도중 내 손을 잡고 편안하게 가셨다. 신앙의 신비가 아닐 수 없다."

이별의 슬픔보다 아버지가 자존심을 지키며 고통 없이 떠나게 해주어 감사하다는 신심이 더 짙게 풍기는 어머니의 음성.

어머니의 소리가 끊긴 전화기에서 천천히 아버지의 낮은 메아리가 들렸다.

"나는 좀 쉬어야겠다."

미지원의 풍경 밖, 돌아올 수 없는 머나먼 쉼터를 찾아 여행을 떠난 아버지.

아마 어머니는 아버지가 정원의 꽃밭에 숨겨둔 사랑과 나무에 걸려있는 사계절의 소망을 유별留別의 시로 기억하겠지.

날마다 그 시는 어머니의 기도와 노래가 되겠지.

고원故園의 연가戀歌

별암別岩.

밀물에는 발아래 바닷물이 춤을 추고 썰물에는 작은 모래톱이 드러나는 절벽을 고을 사람들은 별암이라고 했지.

오랜 옛날부터 별암이라는 이름을 가진 것인지, 아니면 전설로 남은 별암정別岩亭이라는 정자 때문에 갖게 된 이름인지는 알 수 없는 지명.

사람들은 바다가 육지로 파고든 길고 좁은 만灣임에도 별암정 아래 바다를 수하천睡霞川이라고 불렀지.

수하천은 별암에서 멀지 않은 운거산 골짜기에서 흘러 별암정 부근에서 바다와 만나는 보통 개울 정도인데 어떻게 만灣 전체를 지칭하는 큰 이름을 얻게 되었는지는 모른다.

어쩌면 작다는 현실을 거부하고 부와 귀를 바라는 마을 사람의 공통된 기원이 공감했던 이름이 아닌가 싶다.

다리가 놓이기까지 별암 사람들은 읍내를 가려면 나룻배로 수하천 건너편 목장도牧場島를 거쳤는데, 옛날 나룻배는 읍내로 가는 지름길이었어.

별암나루.
수하천睡霞川 물결에 몸을 맡긴 나룻배가 게으른 세월을 보내던 곳.
인간 세상에서 멀어지고 싶다는 뜻을 담았던 것인지, 밀물과 썰물의 변화를 만남과 헤어짐으로 해석한 것인지 알 수 없는 이름의 별암정이 전설로 남아있는 곳.
소년시절을 목포에서 보낸 나에게 고향의 기억은 늘 별암나루에서 시작한다.
서쪽을 향한 아미산 자락에 앉은 마을에서 보았던 연두빛 나무조차 발그스레 만들었던 봄의 노을, 선명한 낙조와 구름조차 붉게 물들었던 여름 노을, 파란 하늘에 갖가지 붉은 색의 무늬로 색칠했던 가을의 노을, 회색빛 구름을 투명하게 했던 추운 겨울의 노을.
노을에 꿈을 그리고 노래를 띄우고, 노을에 내일의 소망을 빌었던 고향의 추억.
노을은 별암에서 보았던 내 운명의 배경이었다.

수하천을 가로지른 다리가 놓이면서 별암나루 삼거리는 옛 사람의 기억에 이름만 남고, 손님을 기다리던 나룻배는 어디에 숨었는가.

그 노을은 지금도 변함없는가.

세월이 흐르고 강산이 변해도 가슴에 남은 그리움까지 잠재울 수 없는 법.

보내는 사람과 기다리던 사람의 애틋한 눈빛처럼 맑고 아름답던 강물에는 흐릿한 적막이 흐른다.

때아닌 눈이라도 퍼부을 것 같은 4월의 하늘, 움을 틔우기 시작한 나무들은 거센 바람에 흔들린다.

"시간이 어중간한데 …, 횟집에서 아주 점심을 먹고 들어갈까요?"

대답 없이 차창밖에 시선을 두고 있는 내 마음을 읽었다는 말인가?

시간도 아직 12시 전, 아내의 배려를 모르는 바 아니었으나 썩 내키지 않았다.

"우선 상가喪家에 먼저 들리지."

유난히 아버지를 기억하며 단순한 말일지라도 우리를 걱정하고 내 손에 가만히 여비라도 쥐어주었던 당숙이었다.

아버지가 돌아가셨을 때도 그랬지만 동생들의 결혼 때도 본인이 못 나오시면 나에게는 형이 되는 큰아들인 춘기라도 보내셨던 분이다.

아마 그런 분이 아니었다면 오늘 고향을 찾는 일도 없었을 것이다.

나룻배에 앉아 수하천을 박차고 비상하는 한 마리 백로를 부럽게 바라봤던 시절이 어른거린다.

사라진 수하천 나룻배처럼 뒷골에 잠들어있는 할아버지의 기억은 엇갈린다.

술과 담배는 입에 대지도 않으셨고 제사에 쓰일 제물祭物은 손수 고르고 값을 깎는 흥정을 하지 않으셨던 분.

농부이면서도 쟁기질을 못 하셨던 분.

마루 한쪽에 간단한 안주와 소주병을 준비시켜 일하는 사람들이 부담 없이 목을 추기도록 배려했던 세심한 분.

하지만 우리 가족에게는 냉혹한 분이었다.

퇴학 위기에 몰린 나와 동생 병철이 한 학기 납부금이라도 얻어볼까 하고 사정을 말씀드렸더니 할아버지는 대뜸 "나는 모른다. 네 부모도 못 한 일을 내가 어떻게 한단 말이냐"라고 구원救援의 비명을 매섭게 잘랐다.

할아버지가 왜 그런 말을 내비쳤는지 전후 사정을 살피지 못했던 나이.

차가운 비수처럼 심장에 박혔던 할아버지의 완고한 말은 천륜을 끊겠다는 막말밖에 아니었다.

"제 아비는 할아버지의 자식이 아니며 저는 할아버지의 손자가 아니란 말입니까?"

이유 있는 항변이었을지라도 치미는 분노를 참지 못했던 열일곱 살 소년은 그날로 후레자식이 되었다.

쫓기듯 빈손으로 집을 나와 별암나루에서 보았던 노을은 내 분노처럼 새빨갰다.

어떠한 원과 한도 세월의 흐름에 묽게 희석된다는데, 그날 일은 여전히 봄을 시새우는 차가운 바람처럼 아릿한 통증으로 가슴에 스친다.

운명하는 순간까지 아버지에 대한 미움을 거두지 않았던 할아버지.

그런 할아버지를 보내고 숨죽여 흐느끼던 아버지의 모습을 측은하게 보았던 기억은 이제 나를 아프게 한다.

할아버지는 늘 고향의 아름다운 풍경에 감추고 싶은 존재였으며 즐거운 추억의 흐름을 막는 매듭이었다.

아버지와 아들은 선과 악으로 분별하고 이익과 손해를 따질 수 없는 인연이건만 할아버지와 아버지가 끝내 화해할 수 없었던 깊은 이유가 무엇이었던지.

약관의 나이에 면장을 하셨던 큰할아버지가 딸 하나만 남긴 채 요절하는 바람에 원래 셋째 아들이었던 아버지를 큰할아버지의 양자로 대를 잇게 했다던가.

그러나 두 분의 큰아버지가 관면도 못하고 요절하는 바람에 운명적으로 장손이 되었던 아버지를 할아버지는 어째서 자신의 자식으로 받아들이지 않으셨을까?

할아버지는 자기 자식의 무슨 잘못을 봤기에 용서할 수 없었을까?

자식에 대한 부모의 사랑도 폭과 깊이에서 차이가 있는 것일까?

자식이 미워도 손자들은 버리지 않는다는데 할아버지는 무엇 때문에 손자들까지 남의 자식처럼 취급했을까?

할아버지 사망 이후, 아버지 형제들의 반목과 갈등의 골은 깊어졌다.

부모 슬하에서 한 이불을 같이 덮고 잠들었던 형제들도 흩어져 손자 대에 이르면 조부의 이름도 모르는, 성만 같이 쓰는 타인이 되는 현실이다.

그런데 아버지는 형제들로부터 사촌 취급을 받았으며, 매사에서 배제되고 노골적으로 따돌림 당했다.

영악한 것 같으면서도 사후의 일까지 예견할 수 없는 인간의 한계.

시가에서 숟가락 하나 받은 것 없다는 억울함을 말하며, 저세상으로 가버린 시부모에게 각을 세웠던 어머니.

"당신이 전답을 늘려주었음에도 당신이 어려울 때 외면하고 우리 자식들조차 내쳤던 동생들 아니요? 제대로 가르치지도 못한 자식들한테 무슨 염치로 제사를 맡긴다요?"

그러면서 인정해주지도 않은 굴레를 스스로 쓰겠다고 하느냐고, 아예 고향 땅에는 발걸음도 말아야 한다면서 장손이라는 사실을 숙명으로 받아들였던 아버지를 압박했다.

아버지는 "그것이 도리는 아니여"라는 말을 했으나 어머니를 누를 수 없었다.

동생들도 어머니 편이었다.

어머니 주장에 전적으로 동의하지 않았을지라도, 집안의 내부적인 갈등과 반목이 드러나는 현실을 보면서도 할아버지와 작은아버지들에 대한 반감을 버리지 못했던 나는 귀를 닫았다.

당숙의 상喪을 말했더니 아내는 대뜸 "참, 그 집, 다른 사람 손에 넘어갔다고 했지요?"라고 했다.

아내의 속내를 드러낸 '그 집'이라는 어감에는 조의금이나 보내지 꼭 가야 하느냐는 뜻이 진했다.

사업을 하던 사촌이 고향의 집과 전답을 팔았다는 소문은 아마 내가 먼저 알고 아내에게 흘렸을 것이다.

"작은아버지들 보다 나한테도 잘해주셨던 당숙이었고…. 모처럼 바람 쐰다는 마음으로 가보세."

내키지 않는다는 아내를 겨우 설득했다.

그런데 수하천을 건너기 전, 고향 마을과 '그 집'이 보이는 곳에서 내가 한 번 더 숨을 들이켜야했다.

착잡한 심경으로 찾은 조부모의 산소.

평성이공송암중석지묘平城李公松岩中碩之墓.

이제 할아버지의 묘 앞에서 고작 삼대를 넘기기 전에 할아버지의 집은 타인에게 소유권이 넘어가고, 사촌들은 남남이 되어버린 아쉬움을 새긴들 어쩔 것인가.

그렇지만 추억이 배인 집을 보는 순간 일차적으로 조상으로부터 받은 집을 지키지 못한 사촌에 대해 노여움보다 '만약 할아버지가 아버지를 고향으로 불러들였더라면…?'이라는 가정과 함께 할아버지에 대한 서운함이 다시 고개를 들었다.

누군들 고향의 푸르른 뒷산에서 소를 먹이던 추억과 누렇게 보리 익어가는 들판을 울리던 뻐꾸기 소리를 그리지 않은 사람 있으랴.

어렵고 힘들 때, 아니면 서편 노을이 붉게 타는 저녁 시간에 한숨과 함께 불러보는 그리운 이름 하나 가슴에 간직하지 않은 사람 있으랴.

작은 동산을 배경으로 툇마루가 높았던 다섯 칸 초가집. 마루 끝에 앉으면 별암나루와 수하천이 한눈에 들어오던 집. 텃밭이었던 넓은 뒤뜰에는 팽나무와 감나무가 늙어가고 그 아래에는 제법 너른 바위가 터줏대감처럼 버티고 있었지.

수염이 허연 할아버지는 봉창 문지방에 팔걸이를 하고 세상을 읽으셨지.

부지런한 할머니는 앞마당에서 뒤뜰로 바쁘게 발자국을 남기셨지.

마당의 멍석에 널린 나락을 지키는 유년의 내 모습도 보인다.

잠시 한눈파는 순간 달려들었던 닭은 가만히 먹기만 했던 것이 아니었다. 꼭 뒷발질로 헤치는 바람에 멍석 밖으로 흩어지는 나락이 더 많았다.

그런 닭들은 어린 나를 두려워하지 않았다. 작대기가 아니면 닭을 쫓을 수 없었다. 닭을 내쫓으면서 나락을 뒤집기 위해 맨발로 새로운 골을 내며 멍석을 돌았다. 잔잔한 물결처럼 나락 멍석에 이어지는 구불구불한 이랑은 흑백 사진의 한 장면처럼 또렷하다.

초가지붕이 스레이트로 바뀐 것은 70년대였다.

이후 몇 차례에 걸쳐 집의 구조가 바뀌었다.

할아버지의 봉창도 없어졌다.

회칠했던 흙벽은 싸구려 합판에 가려졌고, 어린 시절 댓돌을 딛고도 엎드려 기어올랐던 마루는 낮춰졌다.

겨울이면 문풍지소리를 내던 한지가 발린 여닫이 문짝을 뜯어내고 미닫이문으로 바꾸는 등 어설픈 양식으로 개조되었다.

내가 태어난 부엌방은 넓혀진 '주방'에 흡수되어 위치만 어림할 수 있었다.

집의 기둥에는 주황색 페인트가 짙게 발렸고, 해마다 제비가 집을 짓던 처마 안쪽은 합판에 가려져 서까래도 보이지 않았으며, 여닫을 때마다 삐걱삐걱 소리를 내던 부엌의 널 문짝은 사라졌다.

시골 주름진 노인이 진하게 화장한 것처럼 보이는 변화였다.

내가 멀리했던 고향인지, 아니면 나를 밀어냈던 고향인지….

도시 사람에게 팔렸다는 집에는 사람의 흔적이 보이지 않았다.

대문을 밀고 가까이 다가갔으나 안으로 잠긴 집은 미닫이 유리문이 완강하게 외부의 시선을 차단하고 있었다.

둥글게 감아 마루 밑에 쌓아두었던 멍석은 어디로 갔는가. 장독대의 커다란 독들은 누가 치웠는가. 보리를 갈고 떡을 치던 절구통은 어디에 있는가.

낡은 사랑채만 그대로였다.

퇴색하고 찢겨진 채 먼지에 갇혀 글씨의 형체조차 희미한 입춘방立春榜의 흔적이 보였다.

한문에 밝고 글씨를 잘 썼던 아버지는 입춘 무렵이면 순전히 입춘방을 쓰기 위해 고향을 찾았다. 할아버지의 호출이었는지 본인이 미리 알고 실행했는지는 알 수 없다.

아버지는 세로로 쓴 입춘대길立春大吉 건양다경建陽多慶이라는 축문을 대문의 나무문짝에 비스듬히 대칭으로 붙였다고 기억한다.

국태민안國泰民安, 가급인족家給人足, 개문만복래開門萬福來, 부모천년수父母千年壽, 자손만세영子孫萬世永 등 축문은 많았으나 내용은 기억하지 못한다.

거의 40여 장에 달하는 입춘방을 쓰신 아버지는 그걸 손수 붙이며 나에게 글귀를 설명했다. 집안이 환해졌다는 느낌밖에 없었던 나에게 아버지의 해설은 따분할 수밖에 없었다.

희미해진 기억만큼이나 흐릿해진 글씨.

아버지는 무엇 때문에 자신을 반겨주지도 않았던 고향 집에 연례행사처럼 입춘방을 썼을까?

아버지의 기억과 함께 현실 밖으로 튀어나오는 망각의 숲에서 유령처럼 떠돌던 희노애락의 장면들.

방안에 누군가 있을 것만 같아 겨울이면 볕이 잘 들던 낮은 토방에 올라 창살 떨어진 문을 살그머니 잡아당겼다.

그러자 마치 그릇 밑바닥을 젓가락으로 휘저으면 가라앉은 앙금이 풀어져 물을 흐리듯이, 문짝의 먼지뿐 아니라 바닥의 먼지까지 뽀얗게 피어 올라왔다.

아버지.

부르면 목이 메고, 가슴에는 서러운 바람이 인다.

아버지가 언제 목포 선창에 발을 들여놓았는지는 모른다.

어머니는 아버지가 감옥에서 나온 후, 잠시만 객지 생활을 한다며 고향 가까운 목포에서 미곡상을 시작했다고 하셨다.

온 가족이 고향을 떠나 목포에 정착한 시기는 내가 초등학교 2학년 때였다.

밥술이나 먹고 살 무렵에는 아버지에 대한 불만이 없었다고 기억한다.

하지만 과정을 이해하지 못하고 결과에만 연연하는 것이 사람의 심리라고 했던가.

실패할 줄 알면서 일을 시작하고, 절망을 꿈꾸며 가는 사람이 없을 것이다.

아버지도 실패와 절망을 예상하지 않았을 것이다.

20대의 실패는 있을 수 있는 일로 인정된다. 30대의 실패는 허물이라고 할 수는 있어도 아직 돌이킬 수 없는 좌절은 아니다. 그렇지만 40대의 실패가 위험한 불안이라면 50대의 실패는 거의 회복 어려운 파산이었다.

더구나 책임질 가족을 업은 50대의 실패는 가족에게 고통을 줄 수 있다는 점에서 더 큰 불행이었다.

입도선매立稻先賣는 요즘 말하는 선물거래의 형태인데, 가난한 농민들이 춘궁기에 논에 심어진 벼를 담보로 중간 상인들에게 돈을 빌리는 고약한 관행이었다.

입도선매의 중간상인 노릇을 잘하던 아버지가 망한 이유는 잘 모른다.

아마 정부가 제도적으로 농민들을 직접 지원했기 때문인지, 돈을 빌려준 지역의 흉년 때문인지 알 수 없다.

아니면 풍년으로 인해 벼의 가격이 낮아 빌려준 원금 회수에 실패했기 때문인지 알 수 없다.

아무튼 아버지가 빚더미에 올라앉게 되었을 때 나는 고등학교 2학년, 약간 터울이 진 밑의 동생은 중학교 1학년, 여동생은 초등학교 5학년, 막둥이는 아직 초등학교 입학 전이었다.

하루아침에 집은 빼앗겼고 가재도구는 물론 어머니의 혼수품이었던 재봉틀도 누군가의 손에 들려 나갔다.

잘 풀릴 때는 도와주겠다는 사람도 많았지만, 실패한 사람에게는 돌을 던지는 것이 세상의 인심인지….

심지어 아버지에게 돈을 빌려 간 사람들도 아버지를 피하거나 선심 쓰듯 이자도 안되는 몇 푼 내놓고 끝내 원금은 돌려주지 않았다.

부모 형제마저 외면했다.

설 땅을 잃고 쌀 한 되, 연탄 한 장 마련할 수 없던 아버지는 가족을 포기하고 방랑자가 되어 종적을 감추었다.

원망은 도덕과 윤리의 벽으로도 막을 수 없고 이성적 판단으로 제어하기 어려운 폭풍 같은 악이다.

원망은 사랑의 불을 꺼버리며 미움을 키우는 독이다.

나이 50에 아버지는 자식들에도 원망을 받는 존재가 되었다.

어머니와 4남매는 유달산 비탈 단칸방으로 밀렸다.

소학교를 졸업하고 결혼 후 주부로만 살았던 어머니가 할 수 있는 일은 거의 없었다. 가까웠던 친정 사촌 언니의 도움으로 남의 식당 허드렛일을 시작했으나 끼니를 다 막을 수 없었다.

그런 어머니에게 빚쟁이들은 줄지어 찾아와 돈 내놓으라고 온갖

악담을 하며 소리를 질러댔다.

납부금이라도 도와주기를 바라는 심정으로 고향의 할아버지께 손을 내밀었던 자식들은 빈손으로 돌아왔다.

아마 그때 어머니는 시댁과 화해가 불가능한 강을 건넜으리라.

고등학교 3학년 말, 나만이라도 독립하여 집을 떠나야 한다는 생각만으로 육군 간부후보 시험을 봤는데 낙방이었다.

아버지 때문이었다.

면사무소 공무원이었다고 알고 있었는데, 6·25 당시 면 인민위원회 부위원장을 맡았다는 사실은 나에게 날벼락이나 다름없었다.

전쟁이 나자 피난을 못 간 아버지는 주변의 추대로 면 위원회 일을 하게 되었다던가.

"오직 집안을 지키고 동생들을 보호할 목적으로 마지못해 그 일을 했다"라는 아버지의 말은 내 진로를 막은 변명이 될 수 없었다.

전쟁이 끝난 후 아버지는 2년 가까이 감옥살이, 면내의 유지들이 진정을 해준 덕에 감형되어 빨리 나올 수 있었다는 말도 귀에 들리지 않았다.

"형님은 어려서는 신동이라는 소리를 들었고, 살면서 남을 이용하거나 괴롭히지 않으셨던 분이다. 사람도 많이 살리셨어."

고향의 이웃에 살았던 당숙의 말도 당시 나에게는 소설의 한 장면이었을 뿐이다.

아버지가 집안의 희생양이었다거나, 역사 속의 희생자였다는 말은 언필칭 자기합리화로만 해석했다. 그렇게 해서 자식의 앞길을 막은 것밖에 무엇이 남았느냐고 대들었을 때 아버지는 한숨만 쉬었다.

군대가기 전, 친구 형님을 도와 낮이면 한창 건축 붐이 일던 서울 불광동 공사판을 떠돌고, 밤이면 공무원 수험학원의 청소를 해주면서 강의를 들었던 일도 쉽게 할 수 없는 이야기다.

공무원 시험에 합격, 군 입대, 휴가를 나와서도 공사판을 떠돌았던 기막히던 세월.

그때 나는 고향은 물론 그곳의 사람들에게도 마음의 벽을 높이 쌓았다.

고등학교에도 진학하지 못한 동생 병철이 검정고시를 거쳐 교대를 졸업하고, 상고를 나온 여동생 은순이 내 직장을 따라 광주에 취업하면서 우리 가족은 다시 모일 수 있었다.

하지만 고향과 멀어진 아버지의 삶은 신산했다.

여동생이 결혼하고 나와 동생이 짝을 찾아 살림을 이루는 동안 아버지는 날마다 어머니에게 구박덩어리였다.

딸 수연이 초등학교 5학년 아들 호연이 초등학교 2학년 봄, 귀거래사歸去來辭를 외우던 아버지는 내 이름을 부르다가 한 많은 이승을 하직했다.

30대였던 나는 겨우 환갑을 넘긴 아버지를 등에 얹힌 짐을 부리듯 망월동에 묻었다.

그리고 아버지의 유품을 미련 없이 태웠다.

유품을 태운다고 가버린 사람이 잊힐 일이던가!

'만약 내가 좀 더 일찍 집안 문제에 신경을 쓰고 아버지의 심정을 이해했더라면 어떤 결과를 가져왔을까?'

아버지의 고뇌를 이해하지 못했던 한이 가슴에 자리했다.

본채와 사랑채 사이의 좁은 통로를 지나니 마른 풀만 수북한 텃밭. 무심하게 나를 보는 늙은 감나무와 고목이 된 팽나무.

집을 지으면서 들어내려고 했는데 지관이 말리는 바람에 그 자리에 남았다는 바위도 그대로였다.

어쩌면 고인돌이었을지도 모르는 면이 넓은 바위는 너댓 명의 아이들이 앉을 만했다. 유년시절 사촌들과 앉아 옥수수를 뜯고 고구마를 나누던 추억이 배인 바위 위에 잠시 사촌들의 잔상이 어른거렸다.

좀 더 깊숙이 들어가니 마른 풀대 속에 엎어져 있던 깨진 독 몇 개가 보였다.

낯이 익다. 광을 지키던 커다란 독, 우리 집의 쌀 뒤주였고 할머니의 보물 창고였던 독이 내 머리를 들이받았다.

여자들의 주장이 용납되지 못했던 시대적 분위기 때문이었다.

장보는 일마저 할아버지의 차지였기에 할머니가 할 수 있는 경제 활동은 거의 없었다.

새벽 일찍 일어나 물레를 잣던 할머니, 한순간을 쉴 새 없이 논으로 밭으로 다니시던 할머니의 모습을 나는 잊지 못한다.

거의 매년 이어졌던 여섯 며느리들의 출산 수발과 농한기에 자식들의 집을 돌아보는 일이 할머니의 낙이었을 것이다.

할머니가 주도적으로 하실 수 있었던 일은 대청에 모셔져 있던 성주신과 부엌의 조왕신에게 치성을 드리고, 정월이면 전속 무당을 불러 굿을 하는 일이었지 않나 싶다. 굿은 대개 안방에서 했는데 그런 밤에 할아버지는 일찌감치 이웃으로 피하셨다.

이불을 깐 방바닥에 징을 엎어놓고 굿을 할 때면 그 독 안에서 각종 물건이 쏟아져 나왔다.

평소에 맛보기 힘들었던 사과 배, 군침을 돌게 했던 밤, 대추, 곶감과 마른 상어, 북어포 등이 그 독 안에서 나올 때마다 어린 나는 얼마나 감탄했던가.

아이와 키재기를 하던 독은 아이들이 안을 들여다볼 수 없는 공간이었다.

초등학교 입학 전 독의 목을 잡고 기어오르기를 시도하다가 할머니한테 야단만 맞고 그 안을 볼 수 있는 날이 오기를 기다렸던 기억도 새삼스럽다.

그 독들이 옛 풍요를 잊은 채 마른 풀밭에 엎어져 있었다.

할머니의 젖을 만지듯 빈 독을 쓰다듬으니 먹먹한 가슴에 얼음이 언 듯 차가워진다.

손자국이 선명한 독에서 손을 떼니 손바닥에 흙먼지만 누렇게 붙어 있다.

추억과 현실의 차이, 그리움은 헤맴일 뿐이었다.

할머니는 둘째 호연이를 낳은 후에 돌아가셨으니 증손자를 안아보신 셈이다. 아직 돌이 안 된 아이는 낯도 가리지 않고 처음 보는 증조할머니에 덥석 안겼는데 그때 할머니는 얼마나 좋아하셨던가. 그리고 한 달 쯤 후 할머니는 돌아가셨다.

모질지 않았으나 그렇다고 도움이 되지도 않았던 할머니.

그래도 좋은 추억의 중심에 남은 할머니.

사라진 사람이나 사물의 회상은 논리성을 상실하게 마련이다.
스스로 생각해도 내용이 명료하지 않은 경우도 많고 시간이나 등
장인물이 불확실한 경우도 많다.
어쩌면 감상에 치우친 허상을 붙잡으려는 상상이 그리움인 줄 모
른다.
뒤뜰의 시누대밭에서 소리가 들렸다.
댓잎이 서로 비벼대는 소리가 아니었다. 소주를 내리던 날 마을
사람들이 모여 기다리며 떠들던 소리였다. 드럼통을 잘라 만든 화덕
에 장작불을 피우면 드럼통위의 소주고리에서 증류된 알콜이 댓잎
을 타고 방울방울 소주 독으로 흘러 내리던 그날의 소리였다.
손가락으로 술을 찍어 맛보면서 어른들은 왜 그렇게 쓰고 독한 물
을 마시는지 이해할 수 없었던 나도 그 속에 섞여 있었다.
이른바 밀주였기에 할아버지는 어디 가서 함부로 발설해서는 안
된다는 다짐을 받곤 했다. 남이 모를 비밀을 갖는다는 사실은 어린
나에게 두려움이면서 말 못 할 자랑이었다. 비밀이 무엇인지 가르쳐
주었던 곳에서 나는 옛날의 소리를 듣고 있었다.
"고향에서 사람이 많이 안 다치고 특히 우리 마을 사람이 피해를
입지 않았던 것은 다 네 아버지 덕이다. 그렇게 했기 때문에 다른 사
람들보다 감옥살이를 덜 했다."
그때는 반신반의했던 어머니의 이야기가 들린다.
"네 아버지 때문에 살게 된 마을 사람들이 많다. 네 작은아버지

들도 네 아버지한테 잘못했어. 형 대접은 못 할망정 옆에 사는 우리가 볼 때도 안됐다 싶을 정도로 네 아버지를 따돌리는 것 같더라. 은혜를 원수로 갚은 꼴이지. 그걸 보며 옛날 일을 아는 마을 사람들은 다 수군거린다.”

늘 나에게 따뜻했던 당숙의 말도 기억의 강을 넘는 울림이다.

덧붙여 당숙은 “네 아버지 장사가 잘될 때는 전답도 많이 늘렸다. 그런데 네 아버지한테는 의논 한마디 없이 혹시 알세라 싹 팔아버렸지”라고 했는데 다섯 명의 작은아버지들에게는 들을 수 없었던 말이었다.

그랬다.

할아버지에게 배척당한 아버지에게 또 다른 고통을 준 사람들은 아버지의 동생들이었다. 집안을 위해 동생들을 위해 자신을 희생했던 아버지의 과거를 기억하고 어려움에 빠진 형을 부축했던 동생들은 없었다.

집안의 시제며 대소사에는 할아버지를 모시고 살게 된 작은아버지가 중심이었다.

동생들에게 밀려 집안의 국외자 혹은 참관자로 살았던 아버지.

그런 고향을 나는 외면했고, 어쩌다 고향에 가시는 아버지에게 여비나 넉넉히 드리는 것으로 인사닦음을 했다.

장손이라는 단어를 ‘가문’이라는 추상적 범위 밖에 두고 살았던 세월.

가난만이 도덕적 윤리적 사고를 분열시키는 것은 아니다.

주관적인 원망과 미움도 선과 악의 경계를 흐리게 하는 요인이었다.

사촌들의 결혼식마저 불참하였고, 작은아버지와 작은어머니들의 회갑이며 칠순 잔치에도 얼굴을 내밀지 않았다. 그랬으니 작은아버지들과 작은어머니들이 그런 나를 곱게 봤을 것인가. 내가 멀리한 만큼 친척들도 멀어지고 있었다.

미움은 늘 상대적인 감정이다.

은연중 '받은 것 없는 장손'이라는 시어머니의 불만을 내리받은 아내는 자신만의 계산법으로 자신의 협조 없이 제사와 차례상을 차릴 수 없다는 사실을 과시했다. 더구나 아내는 제사를 미신으로 여기는 교회의 집사님이었다.

물질이 개입되면 부모 형제도 소원해지고 더러는 돌이킬 수 없는 사이가 된다.

내가 퇴직하기 몇 년 전, 장손임을 되새기며 나에게 제사를 미루던 작은아버지에게 아내가 앞장서 단칼에 거부해 버렸다.

어쩌면 장손의 권리에 합당한 최소한의 유산을 요구했던 아내와 내 욕심도 작은아버지나 사촌들과 오십 보 백 보 차이가 아니었을까.

이제 작은아버지도 세상을 떴기에 상황을 돌릴 수 있는 구실과 명분마저 사라졌다.

사촌들.

할아버지가 나무라면 손자들은 그 줄기에 달린 가지 혹은 잎이다.

할아버지가 집이라면 손자들은 뜰 안의 나무요 꽃이다.

아마 살아있는 사촌들도 스무 명쯤 될 것이다.

그 사촌들의 자식을 합하면 살아있는 할아버지의 후손은 50명은 될 것이다.

하지만 나는 조카들의 이름과 얼굴조차 모른다. 그들이 어디서 무슨 일을 하는지 모른다.

역사에 나타난 골육상쟁은 아니더라도 형제들이 분열하고 반목했던 일은 강약의 차이가 있을 뿐 우리 집안도 다르지 않았으니!

이제 비어있는 마당.

커다란 가마솥 위에 얹힌 시루에 조심조심 불을 지피고, 남은 숯불로 전을 부치던 할아버지의 여섯 며느리는 벌써 이 세상 사람이 아니다.

제사 모신 날 아침이면 동네잔치가 되어 멍석 깔린 마당에 많은 상이 차려지고, 마을 아이들까지 북적였던 마당에는 차가운 바람만 맴돈다.

마당 끝 생나무 울타리에 안쪽의 커다란 동백은 아버지가 어렸을 적 심었다고 들었다. 100년 가까이 그 자리에서 숨 쉬고 있는 나무. 숨바꼭질을 할 때면 아이들의 단골 은신처였던 나무는 이제 이름 모를 텃새들의 놀이터였다.

동백나무 곁의 후박나무 한 그루는 나의 흔적이다.

80년대 초, 진도에 다녀오는 길에 사철 푸른 잎이 보기 좋아 얻어 심은 나무였다.

난대성 상록 관엽식물인 후박나무 껍질은 약재로 쓰인다던가.

일부러 동백나무 가까이 심지는 않았을 것이다. 그렇지만 아버지 그리고 아들이 심은 동백나무와 후박나무가 어울린 풍경은 예사롭지 않은 우연으로 보인다.

나무들은 서로 무슨 이야기들을 하는가.

화해는커녕 따뜻한 대화조차 피하고 보냈던 아버지.

인생이 짧다는 말을 실감하지 못하고 바쁘게 살았던 세월.

멈춤 없는 시간 속에서 헛된 희망을 찾아 헤맸던 세월.

집요하게 추구했던 모진 삶의 목표는 무엇이었던가?

그래서 내 손에 무엇을 쥐었는가?

존재를 확인해주던 이성철이라는 자개 명패는 위력을 잃은 채 전시품이 되었다.

하나뿐인 아들은 장손이라는 개념조차 모른 채 말과 풍습이 다른 나라에 터를 잡았고, 딸은 아직도 내 식탁에 남매를 달고 와서 제 그릇이 작다는 투정만 부린다.

날마다 나의 영역은 좁아지고 머리에 백발이 늘어가는데, 기다리지 않아도 계절은 달리는 차 창 밖의 풍경처럼 빠르게 변한다.

아마 아내는 해마다 새로운 달력에 증조부모와 조부모의 기일을 표시하던 나를 보았을 것이다. 그런 달에는 술자리도 근신하면서 금기 음식을 피했던 일이나, 이웃의 상가喪家에 조문도 삼갔던 나를 모르지 않았을 것이다.

수하천 여울에 붉은 노을이 잠들고 저녁 굴뚝의 연기 낮게 깔리던, 산수화 같은 옛날 풍경을 무릉도원으로 여기며 그 여백에 굽은

지팡이를 짚고 걸어 들어가는 꿈을 꾸는 내 노년의 시간을 아내도 보았을 것이다.

하지만 공유할 수 없는 오래된 추억의 노래는 부부간에도 합창할 수 없는 법.

호수로 변한 수하천 풍경을 보고 있는 아내에게 옛 추억의 장면과 사람들을 세세하게 설명한들 공감할 수 없을 것이다.

나의 탯줄을 묻은 적막한 옛 뜰에 사실상 선조들을 부정하면서도 대가족의 전통을 추억하는 모순된 나의 내면을 아내인들 이해할 수 있을 것인가!

미움까지도 아름답게 추억할 수 있는 나이, 하지만 가슴 가득한 회한을 담은 연가戀歌를 부르기에는 너무 가버린 세월.

쇠락한 사랑채의 벽에 아버지의 기원이 담긴 퇴색한 글씨가 보인다.

부모천년수父母千年壽 자손만세영子孫萬世永!

나는 다시 깨진 독이 차갑게 누워있는 회색의 고원故園을 찾을 날이 있을까?

그날, 별암에 서서 수하천에 밝은 노을을 다시 볼 수 있을까?

재수 없는 날의 서사敍事

법 앞에 모든 인간은 평등하다고?

노동자도 사람 대접받는 평등한 세상이라고?

'모든 인간은 평등하다!'라는 법의 조항은 불평등한 현실, 불평등한 인간관계를 인정하는 역설이다. 불평등이라는 사실을 전제로 법 앞에 '평등'이라는 허울 좋은 수식어를 붙였으나 실제로 우매한 약자를 배려하겠다는 아름다운 약속이 아니다.

불평등을 조장하고 즐기는 자들, '법 앞의 평등'이라는 조항을 허수아비 취급하는 인간들에게는 사실상 구속력을 갖지 못하는 맹물 선언에 불과하다.

인종차별, 성차별, 빈부의 차별, 권력을 장악한 집단과 소외 집단의 차별 등 갑과 을, 상과 하의 관계는 이미 고착된 지구촌의 불평등한 생활양식이다.

우리 사회도 갑인 부자와 권력자들은 가난한 자들과 힘없는 을을 미개인 취급하며 심지어 개나 돼지로 여기고 있다. 그런 사실이 정의라는 단어로 미화되어 횡횡하는 상황에서 이미 고착된 생활양식을 깨겠다고 덤비는 을의 도전은 불법일 수밖에 없다.

우선 법의 칼을 쥔 자들은 갖가지 죄목을 만들어 도전자들을 가혹하게 옥죈다.

사실이 그럼에도 대다수 을은 자신보다 앞서 투쟁하는 을에게 동조하기는커녕 "잘난 것도 없는 주제에 까불기는…." 하는 비난만 쏟아내는 경우가 많다.

점잖은 척 중용의 도로 위장한 지식인들은 비굴하게 침묵하거나, 한 발짝 나아가 을의 용기를 폭력적이며 서민의 불편을 조장하는 혼란이라고 진단한다.

종교인들은 나만 다치지 않으면 세상이 어떻게 상관없다는 태도로 불확실한 미륵정토나 극락이며 천당을 앞세워 신도들의 눈을 돌린다.

그러면서 그들은 말한다.

"가만히 있으라!"

그런 속에서 나는 부르면 대답하고, 손짓하면 달려야 하고, 가만있으라면 조용히 기다려야 하는 존재일 뿐이다.

명령에 따르는 것이 익숙한 삶, 비록 억울하고 분할지라도 체념과 포기에 길들어진 인생.

배관 설비는 주로 실내 작업이기에 다른 직종에 비해 날씨의 영향을 덜 받는다.

더구나 일솜씨가 야무지다는 입소문 때문인지 나를 부르는 [팀장]들도 많았다.

그런데 설을 앞둔 보름 전쯤부터 일거리가 뚝 끊겼다.

겨우 두 번, 바깥 화장실 수도관이 동파되었다는 연락을 받았을 뿐이다.

딸린 식구가 많은 김팀장은 여기저기 들쑤시는 모양인데 어렵다는 하소연이었다.

"밀린 공사대금이라도 받아야 설을 쉴 텐데…."

일당제가 아닌 도급제는 악덕 업자를 만나면 일해주고 돈을 떼이는 경우가 많다.

그래서 소규모 설비업자들은 주로 개인 주택을 짓는 소규모 건축업자를 선호하는 편인데 겨울철 더구나 명절이 가까워지면서 신축하는 건물이 많지 않아 일거리가 거의 없어 문제다.

내가 보기에 김팀장은 [노가다] 답지 않게 선하고 부지런했으나 운은 없는 사람이다. 지난해만 해도 일해주고 돈 떼인 경우가 두 번이나 있었다.

박팀장에게 전화를 할까 생각도 했으나 경기 없는 요즈음 박팀장이라고 다르지 않을 것 같아 포기하고 조금 늦었지만 작업복 가방을 챙겼다.

혹한의 날씨가 아니기에 수도관 동파 수리도 없을 것이다.

통장에 잔고도 그렇고 주머니 사정도 혼자 사는 데는 어려움 없으나 노동판에 길이든 몸 때문인지 이틀만 쉬면 좀이 쑤시고 시간이 지루해진다.

낡은 집의 보일러관이 터졌다는 일거리라도 얻을 수 있지 않을까 하는 기대로 연장 가방을 들고 집을 나섰다.

[남부근로자 대기소]에 들어서니 몇 사람이 앉아서 벽시계를 쳐다보고 있었다.

이따금 들리는 근로자 대기소에서 나는 투명인간이었다. 그렇다 보니 아무도 내가 고개 숙여 인사하면서 들어가도 신경 쓰지 않았다.

나는 조용히 사무국장 책상에 놓인 지방지를 들고 구석에 앉았다.

바깥의 비처럼 실망감과 우울함이 안개처럼 피어나는 공간에 앉아있는 사람들.

개인 부채의 증가, 부동산 경기 침체, 생필품 가격 인상….

언론에서는 건설경기 침체 원인이 회계연도가 바뀌면서 관급공사 발주가 미뤄지고, 설을 앞두고 민간 업자들도 신규 사업을 자제하기 때문이라고 한다. 그러면서 정부에서 경기부양을 위한 대책을 세우는 중이라고 했지만, 희망이 허기를 메워주지 않는다. 먹고사는 문제는 고스란히 개인의 몫이었다. 하루 벌어 하루 사는 사람들에게 삶의 무게가 힘들지 않은 계절이 있으랴만 그야말로 겨울은 북풍한설 휘몰아치는 빙판길이요 살얼음의 강이다.

"오늘도 [시마이] 해야 할까 싶네!"

날품꾼을 구하는 사람은커녕 전화조차 없는 아침. 목공일을 하는 안경천과 김일복이 거의 동시에 벽시계를 보고 오늘은 가망 없다는 듯 나무 의자에서 일어섰다.

시계는 8시를 향해 달린다.

벽걸이 전기난로를 등지고 앉은 [남부근로자대기소] 사무국장 박요섭은 주변의 풍경이나 사람들에게는 관심 없다는 듯 컴퓨터를 들여다보며 무아지경이다.

아마 카드놀이나 고스톱을 하고 있을 것이다.

"며칠 동안 일도 없어 막막한 판에 오늘이 입춘이라는데 비까지 오시네. 설이 낼 모렌디 없는 놈들은 아예 똥구멍을 닫으라는 것인지…, 정말 너무 하는구만."

어려운 삶과 싸늘한 비가 내리는 날씨에 대한 불만, 태평스런 사무국장에 대한 불평, 어려운 현재에 대한 심통, 미래에 대한 불안을 모둠으로 담은 안경천의 말에 창밖의 풍경을 살피던 김일복이 맞받았다.

"날씨 핑계로 외상술이나 처묵고 노는 수밖에 더 있어? 박국장이야 가만있어도 또박또박 월급이 나오겠제만 우리야 못 벌어 깨지고, 부애난다고 술 처묵어 곱으로 깨지는 날 아닌가?"

꼬쟁이로 통하는 김일복이는 벌써부터 태평스런 박요셉이 고까웠다는 말이었다.

"어째서 가만있는 나를 걸고 넘어진다요?"

컴퓨터에서 눈을 떼지 않는 사무국장의 소리도 불룩했다.

"아따 꼬쟁이 형님, 나갑시다. 어차피 오늘 일은 없는 것 같고…, 해장이나 하면서 속 푸십시다."

얼른 안경천이 김일복을 끌고 나갔다.

안경천은 힐끗 나를 봤을 뿐 같이 가자는 말을 하지 않았다. 같이 놀 사람으로 취급하지 않는 그의 내심을 모르지 않는다. 내가 먼저 고개를 돌렸다.

날마다 대하는 얼굴이면서도 조그만 꼬투리를 잡아 상대의 감정을 긁는 몇 사람들 때문에 사무실은 조용할 날이 없었다. 이곳에서는 거의 매일 보는 장면이다.

보일러가 터졌다는 연락이라도 기다리고 있던 나도 읽던 신문을 접어 원래의 자리에 두고 일어섰다.

강봉수.

그는 타일공이다.

말로는 서울에서 [오야지]로 놀았다지만 믿음이 가지 않은 행색이다.

"지웅이 자네는 허우대로 봐서는 한자리 해도 괜찮을 사람인데…. 그래도 듣는 것은 지장 없다고 그랬지?"

몇 달 전 낮이 익을 무렵, 두드러지게 서울 말씨의 은근한 억양으로 소리를 낮추어 접근하는 그에게 일단 경계의 촉을 더 세웠다.

"내 아들도 자네처럼 겨우 말귀는 알아듣지만 말은 아예 못해."

강봉수의 입에서 술 냄새가 풍겼다.

"의사는 자폐라고 하더군."

"이예?"

내가 관심을 보이는 것이 의외라는 듯 놀라면서도 대답은 친절했다.

"돌 무렵이었어. 부부 싸움 끝에 다가오는 아이를 밀어버렸던 것인데 그만 아이의 머리를 벽에 찧고 말았지 않은가! 처음에는 죽는 줄 알았어. 숨을 내쉰 아이는 꼭 어른처럼 나를 노려보더니 그 길로 입을 다물고 만 거야. 나하고는 눈을 마주치지 않으려 하고 혼자 웅얼거리다가도 나만 보면 도망치는 거야. 처음에는 아이가 크고 세월이 가면 잊어버리겠지 했는데 그게 아니었어. 그래도 좋아지지 않아 병원에 데리고 갔더니 자폐라고 하더군. 심한 충격을 받으면 그렇게 될 수 있다는 의사의 말에 나는 솔직하게 내 탓이라는 말을 못했어. 마누라는 그 아이 사람 만들려고 노력하다가 병들어 죽었네. 자네를 보면 아이놈 생각 나. 혹시 자네도 그런 비슷한 사연이 있는가 하는 생각도 들고."

"아이는 지그음 어어디 이인나요?"

"내가 키울 수 있나. 마누라 생전에 그런 아이들만 맡아 키워주는 시설에 맡겼네."

몇 살이나 먹었느냐고 더듬거리는데 강봉수는 내 말을 자르고 그런 내가 측은하다는 듯 등을 토닥였다.

그리고 돈 3만 원만 빌려달라고 했다.

자식이 자폐라는 말을 들었던 터라 지갑을 열지 않을 수 없었다.

그 뒤로 만날 때마다 똑같은 수작을 해왔는데 상투적인 수법임을 알면서 만원이라도 손에 쥐여주었던 까닭은 본 적 없는 강봉수의 아들 생각 때문이었다.

그런데 오늘 아침.

사무실 앞 처마 밑에서 추적추적 내리는 비를 보다가 막 우산을 펴려는 순간.

우산도 없이 달려온 강봉수는 나를 보자마자 다짜고짜 채권자처럼 손을 내밀었다.

"어이 지웅이 만 원만 줘!"

비 오는 날씨 때문이었을 것이다. 슬그머니 심사가 꼬여 대꾸하지 않았다.

"이제 나 같은 놈을 상대하지 않겠다는 뜻인가? 그래도 나는 자네를 인간적으로 대접해줬는데 그걸 몰라주다니…, 사람이 그렇게 사는 것 아니야. 모르는 사람도 도우는 판에 뻔히 아는 처지에 그래서는 안 되지."

서로 돕자는 말이 나쁠 수 있을까.

하지만 돈 빌려달라고 했던 말을 인간적인 대접이라고 들먹이는 그의 태도는 나에게 시비의 꼬투리를 잡자는 의미밖에 아니었다.

힘으로 하면 못해볼 것도 없지만 상대하기 곤란한 경우에는 피하는 수가 상책이다.

그런 내 앞을 강봉수가 가로 막았다.

"병신이 육갑한다더니, 짜식이 돈 만 원에 위세를 떨어?"

눈이 마주쳤다고 느끼는 순간 그가 고함을 질렀다.

"째려보긴? 그렇게 봐서 어떻게 하겠다는 거야? 이런 건방진 새끼."

강봉수는 다짜고짜 내 멱살을 잡았다. 법은 멀고 주먹이 가까운 순간이었다.

그보다 젊고 키가 한 뼘이나 큰 내가 밀치기라도 하면 폭행당했다고 뒤집어씌울 위인이다.

"노아아 요."

겨우 그렇게 말했더니 강봉수는

"이 새끼가 어따대고 반말이여? 너 죽어 볼래?"

하고 고래고래 소리를 지르기 시작했다. 험한 바닥에서 몸뚱이 하나로 버틴 세월이 얼마인데 폭력을 유도하는 상대방의 교활한 수작을 모를 것인가?

나는 아예 저항을 포기한 채 그가 흔드는 대로 몸을 맡겼다.

"이것 먼 짓꺼리다요. 나이깨나 묵은 사람이 아침부터 제대로 말 못 하는 사람 멱살을 잡고 난리여? 으째 일도 없고 벌이도 시원찮은께 국립호텔이나 가고 잡소?"

안에서 튀어나온 사무국장이 강봉수에게 눈을 흘겼다.

"이 병신 새끼가 나한테 반말이잖어."

"좋게 지웅이한테 미안하다고 사과하쇼. 백주 대낮에 강도가 따로 없제, 돈 안 꿔준다고 멱살 잡는 경우가 어디 있다요? 지금까지 빌려 간 돈은 갚었소?"

내 멱살을 놓은 강봉수의 기세가 순식간에 꺾이고 말투도 기어들어가고 있었다.

"반말을 하는데 참을 수 있든가!"

"아따 씨팔, 깝깝한 소리만 하고 있네이. 내가 당신을 몰라서 가만있는 줄 아요? 어떻게든 한 대만 맞으면 엉겨불 작정으로 먼저 멱살을 잡은 사람이 당신 아니요? 그런 수법도 한두 번 써야지 계속 써 묵을라다가는 됩대 당신이 걸려!"

박요셉의 큰 소리에 강봉수는 풀이 죽어 비실비실 물러섰다.

"지웅이, 자네도 앞으로는 받지도 못할 돈일랑 꿔주들 말아. 다 같이 불쌍한 처지에 조금이라도 맨맛한 놈은 불알이라도 훑어불라고 하는 놈들이 많은 세상 아닌가. 그라고 여보쇼 강씨, 속 좀 차리쇼. 아무리 까치 뱃바닥 내미는 소리를 해도 이 바닥에서 당신 같은 철새를 모르는 사람이 없다는 사실을 똑바로 아쇼!"

여차하면 여기서 배겨나기 어려우리라는 협박이었다.

등에 비를 맞으며 벽에 머리를 처박고 훌쩍거리는 늙은 강봉수가 불쌍했다.

호의가 불러온 참사!

국밥이나 사 먹이겠다는 측은지심마저 자를 수 없어 화순집에 들어섰을 때 이미 난로를 중심으로 김일복이와 안경천이는 물론 같은 목공인 장오채가 어울려 앉아있고, 다른 테이블에는 화장이 짙은 중년 여자를 사이에 두고 미장일을 하는 김민호와 임정섭이 노닥거리고 있었다.

국밥을 시키고 앉아있는데 강봉수가 나에게 묻지도 않고 널름 소주 한 병을 시켰다.

"나도 한때는 잘나갔어. 수하에 댓놈 거느린 오야지로 경기도 일대를 누볐지. 그랬는데 건축 경기 불황에 업자가 부도를 내버리는 바람에 돈 떼이고 날팔이가 되고 말았지 않은가."

어차피 노가다판에서 진실을 말하는 사람은 거의 없으니 그의 말을 거짓이라고 트집 잡을 수는 없다.

천연스럽게 몇십억 부도 맞아 이 신세라고 뻥 치는 사람, 영어 몇마디 지껄이며 맨하탄에서 놀았다는 사람, 심지어 빌딩 신축에 시멘

트 몇 번 바르고 그 건물을 자기가 지었다고 우기는 사람…. 그래서 나는 그냥 웃기만 한다.

"사무국장도 전에 짭새들 프락치 노릇을 했던 놈이여. 빼빼 마른 새끼가 힘도 없는 주제에 욕으로 사람을 잡으려 하고, 걸핏하면 뒤를 봐주는 거물이라도 있는 것처럼 행세하지만 알고 보면 불쌍한 놈이여. 마누라도 튀고 홀애비로 살아."

강봉수 역시 조금이라도 불편한 사람은 적나라하게 까발리는 데는 선수였다. 금세 얼굴을 바꾸고 조금 전에 당한 분풀이를 하듯 사무국장의 약점을 말하는 그의 눈을 정면으로 보았다. 그의 말을 진지하게 들어주는 것처럼.

"내가 무슨 이야기를 했더라. 내가 이렇단 말이네. 나도 알고 보면 화끈한 사람이여. 그렇다 보니 별을 두 개나 달았지만. 참 별이라면 순진한 자네는 모르겠지. 교도소라고 하면 알려는가?"

나도 모르게 피식 웃음이 나왔다.

"하이 참, 강씨! 만만한 지웅이한테 겁주는 거요? 아무리 말을 더듬는 지웅이라고 그렇게 함부로 대하는 것이 아니요."

임정섭이 듣다가 가소롭다는 투로 참견을 했다. '당신 같은 사람은 내 마음에 들지 않아'라는 속내를 드러낸 말이기도 했다. 감정을 절제하고 여과하는 훈련이 부족한 환경에서 뒹구는 사람들의 표현은 거침없고 직설적이다.

"왜 남의 말을 엿듣고 끼어드는 거여?"

강봉수의 얼굴이 굳어졌다.

"우리가 벽을 사이에 두고 앉아있는 것도 아닌디 엿듣다니? 여그서 지웅이 말고 별 안 단 사람이 누가 있다고 애기들한테 겁주기 식으로 생쑈를 하는 거요?"

이미 한 잔 들어간 임정섭의 말이 거칠었다.

"시팔, 기분도 드럽고 그래서 조용히 이야기나 좀 하려고 왔더니 여기서도 시비를 당하네. 한두 살도 아니고 아저씨뻘 되는 나에게 강씨라니! 당신 그게 사람 인사야?"

강봉수도 초반에 제압하려는 듯 인상을 확 구기고 나이를 앞세웠다.

욕설과 폭력은 자기 과시가 아니라, 가진 것도 내세울 것도 없는 사람들이 살아남기 위한 자기 은폐요 최소한의 방어 수단이다.

임정섭 또한 가난과 일상적으로 가해지는 모욕으로 인한 내면의 상처를 감추기 위해 허풍과 허술한 사나움으로 무장한 사람이었다.

"이 잭인이, 객지 벗 십 년 벗이라는 말도 모르는 게비여. 당신 민증 좀 내봐. 나보다 십년 위면 바로 여기서 무릎 꿇고 당신이 그만하라고 할 때까지 절할게. 민증 좀 보자니까!"

"야 임마! 민증이 무슨 소용있어. 얼굴 보면 몰라?"

"재수가 없으려니 별 개뼈다귀 같은 인간을 다 보겠네. 야, 이 새끼야, 네 얼굴이 법이냐? 민증 보자고 했더니 땟국물 흐르는 상판대기를 내밀어?"

강봉수가 숟가락을 놓고 일어섰다.

비록 더듬거리는 말로라도 내가 나설 수밖에 없었다.

"차므쇼. 차아마아요."

말보다 먼저 팔을 벌리고 말리는 나의 동작을 보며 국밥을 들고 오던 화순댁이 웃었다.

"시발 새끼!"

그런 욕설과 함께 강봉수는 가방에서 회칼을 빼들었다.

임정섭이 주춤하는 새 김민호가 잽싸게 자신들의 탁자를 강봉수 앞으로 밀었다.

그 바람에 강봉수는 내 쪽으로 넘어지고 어쩔 수 없이 나는 강봉수를 두 팔로 안고 뒤로 넘어졌다.

김민호는 그런 강봉수를 발로 걷어차고 임정섭은 강봉수가 회칼을 든 오른손을 곁에 있던 연장주머니를 들어 후려쳤다.

화순댁의 비명소리 김일복의 호통 임정섭과 김민호의 욕설이 뒤엉키고, 해장국집 바닥은 넘어진 테이블과 깨진 그릇들로 아수라장이 되었다.

겨우 나에게 기댄 강봉수는 자신에게 다가오는 발길질과 주먹질을 피하지 못했다.

임정섭의 "정당방위여!" 하는 말도 들렸다.

"엄살떨고 자빠졌네. 이런 쥐새끼는 뒈져야 해!"

그런 김민호의 마지막 발길질에 나조차 바닥으로 나뒹굴고 말았다.

겨우 몸을 추스르고 강봉수를 흔들었는데 강봉수는 내 품에 안긴 채 힘없이 고개를 꺾었다.

김형사가 요구하는 육하원칙에 맞는지는 중요하지 않다.

그렇다고 시시콜콜 다 쓸 수는 없었다.

사건의 개요를 대강 정리하여 김형사에게 내밀었더니

"햐, 글씨가 반듯한데…? 글솜씨도 보통이 아니고…. 그러니까 당신은 강봉수씨를 치지는 않았단 말이지?"

"이예. 저얼대 아니입니다."

"말은 원래 더듬었던 거야? 아니면 긴장할 때만 그러는 거야? 이미 어린 나이에 사고를 친 기록이 있어 그것도 두 번씩이나. 그런데도 당신 말을 믿을 수 있겠어?"

나의 선의를 칭찬해주기를 바라지 않았다.

그러나 아무리 개인의 뒤를 밟고 약점이나 실수를 물고 늘어지는 직업이라지만, 지난 사실을 근거로 오해하는 김형사를 보며 입술을 깨물었다.

그렇다고 참고인으로 불러온 사람을 피의자 취급을 하면 안 된다는 말은 목 안에서만 맴돌았다.

김형사의 눈을 비켜 건너편에서 조사받고 있는 임정섭을 보니 알 아들을 수는 없으나 알량한 지식으로 "정당방위" 운운하며 자신의 행위를 변호하고 있을 것이다.

출입구 쪽 가까운 자리에서 조사받는 김민호도 어쩔 수 없었다고 둘러댈 것이다.

어쩌면 자기는 때린 적이 없다고 잡아떼면서 억울함을 강변할지도 모른다.

그들은 내가 강봉수에게 국밥을 사려고 했던 일을 알 것이다.

그리고 강봉수를 말렸고 넘어지려는 강봉수를 뒤에서 붙잡아주었으며 그러다가 나조차 뒤로 넘어졌다는 사실도 알 것이다.

제발 "박지웅은 가해자가 아니다"라는 말을 해주기를 기대했으나 그들은 나를 쳐다보지도 않았다.

강봉수와 같은 자리에 있었다는 사실만으로 나를 강봉수 편으로 가르는 사람들.

"1977년생인데 아직도 미혼이라? 하긴….."

말 줄임표 속에 감추어진 "막노동이나 하는 주제에, 더구나 말까지 더듬는 병신이 어떤 여자를 만나 결혼을 할 수 있었겠어?"라는 그의 비아냥을 못 읽을 내가 아니다.

막장 인생 취급하는 김형사에게 사랑의 감정이란 모든 인간이 똑같다고 한들 건방지다고 눈흘김이나 당할 것이다.

정말 사랑하는 여인을 보낸 아픔을 이야기한들 들으려고도 않을 것이다.

말을 더듬는다고 해서 선처의 대상으로 여기지도 않을 것이다.

"당신이 강봉수를 화순집에 데리고 가지 않았다면 오늘 같은 일도 벌어지지 않았을 거야. 안 그래?"

교통사고를 당한 피해자에게 그 자리에 있었으니 책임이 있다고 다그친 꼴이다.

그러나 법의 이름으로 피의자 취급하며 대답을 강요하는 경찰을 상대로 잘못된 비유라는 지적을 할 수 없다.

아무리 정당한 지적이나 항변일지라도 약자가 강자의 심기를 건드리는 행위는 독사를 건드리는 모험처럼 불리하고, 또 위험해진다는 사실을 경험적으로 체득하고 있었기 때문이다.

더구나 언어장애가 심한 내가 더듬거리며 상황을 설명한다고 해도 답답하게 여기는 그들이 진실을 중도에 가로채거나 웃음거리로 만들 수도 있다.

설명을 포기한 대신 나를 비틀고 조이는 김형사를 이해하는 쪽을 택했다.

지금은 내 위에서 군림하고 있지만, 사실 그 역시 법과 제도라는 불평등한 먹이사슬의 하부구조에 낀 을의 처지다.

어쩌면 나보다 자유롭지 못한 새장 속의 앵무새일 수도 있다.

"김민호와 임정섭도 그렇지만 그 자리에 있던 사람들 모두가 당신 때문에 벌어진 일이라고 했어. 강봉수에게 회칼을 건넨 사람은 당신 아니야?"

김민호나 임정섭이 자신들의 행위를 은폐 내지는 정당방위라고 우기면서 강봉수에게 칼을 주었다고 하지는 않았을 것이다.

김형사는 또 다시 넘겨짚어 나를 떠보고 있었다.

수사의 기본만 지켜 현장에 있던 화순댁은 물론 김일복이나 안경천을 대질시키면 답이 나오련만, 그 기본을 무시하고 어떻게든 나를 입정섭과 엮어보려는 의도가 보인다.

국가 권력이 마음먹고 밀어붙이면 없는 죄도 만들 수 있다는 사실, 얼마든지 진실을 조작할 수 있다는 사실을 모르지 않는다.

그들은 참고인이라고 동행을 요구해 놓고선 말이 어눌하다는 약점과 두 번의 감옥살이를 들먹이며 법의 이름으로 나를 피의자로 둔갑시킬 수도 있다.

몸을 곧추세우고 버티려 하는 데 자꾸 힘이 빠진다.

시계를 보니 오후 두 시를 넘기고 있다.

내 인생이 어디서부터 꼬이기 시작했는지는 알 수 없다.

언제부터 말을 더듬게 되었는지는 모른다.

초등학교 입학 전부터 대답이 느리다고, 또 발음대로 따라하지 못한다고 아버지에게 걸핏하면 맞았던 기억만은 생생하다.

학교에서는 책을 못 읽는다고 아예 특수아 취급을 해버렸다.

그보다 더 못 당할 일은 나를 도둑으로 몰아버린 교사도 있었다는 사실이다. 누군가 의도적으로 내 책상 속에 놔둔 하찮은 물건을 찾아내고는 모든 혐의를 나에게 씌우고 "병신 주제에 마음씨라도 착해야지!" 하며 뺨을 친 교사를 나는 잊지 못한다.

아니라는 변명을 하고자 할수록 말은 더 움츠러들었고 나중에는 너무 억울해 괴성만 나왔다. 아이들은 그런 나를 보며 손가락질 했다.

세상에 내 편은 아무도 없었다. 아버지는 자초지종을 묻지 않았고 교회 집사였던 어머니는 당신의 믿음마저 저버렸다며 매질했다.

운명의 굴레인양 가해지던 차별과 구타와 모욕.

저항할수록 더 불리해진다는 사실을 자각한 사람이 취할 수 있는 행동은 극히 제한적이었다. 남의 눈에 띄지 않을 것, 설사 내가 억울한 경우를 당할지라도 대항하지 않을 것, 그러면서 나를 무시하는 작자들을 비웃어 주는 행위가 고작 나에게 주어진 권리요 자유였을 뿐이다.

그러나 못된 아이들은 『프란다스의 개』를 읽으며 가슴 적시고 있는 나를 가만두지 않았다. 패거리를 지어 나를 놀리거나 발을 걸어 쓰러뜨리고 손뼉을 쳤다.

무단하게 당하고도 하소연할 상대가 없었던 시절, 일요일 주일학교에서도 나는 외톨이였다.

기도가 아니라 나를 방어하는 기술을 가져야 한다는 사실을 너무 빨리 깨달았던 것일까?

중학생이 되면서, 몸이 날렵해진 나는 아이들에게 공포의 대상이 되었다.

학교 도서실에 숨어 나를 무시하는 작자들을 비웃어 주며 상처 입은 자존심을 어루만지던 소년이 아니라 나를 무시하는 아이들을 상대로 싸움을 마다하지 않는 악동이 되었다.

"벙어리는 정상인들보다 크게 처벌받지 않는다."

주위들은 근거 없는 말도 나를 고무시켰다. 그간 당한 억울함을 보복이라도 하듯 힘에 부치는 상대는 톱을 들고 그의 집 앞에서 기다리기도 했다. 좁은 읍내에서 내 악명을 모르는 학생들이 없었다. 말보다 주먹으로 울분을 풀었던 청소년 시절의 자화상을 그리는 일은 항상 고통이다.

폭행치상으로 장기 5년 단기 3년의 형을 선고받고 들어간 소년원에서 3년 6개월 만에 특사로 풀려나왔을 때 내 나이 갓 열아홉이었다.

대입 검정고시 합격중에 건축 배관 기능사와 보일러 시공 면허증을 들고 나선 나를 반겨주는 가족은 없었다. 아버지는 나를 외면했고 어머니는 돈 몇 푼 쥐어주며 사립밖으로 내몰았다.

독서하고 반성하면서 겨우 마음을 잡고 나왔으나 내가 머물 곳은 없었다.

군대에 지원했으나 전과자는 받아주지 않았다.

마음에 맞는 일자리를 구할 수도 없었다.

떠돌이 인생.

세상을 피하듯 건축 현장을 떠돌던 20대 후반, 폭행 피해자였음에도 다시 폭행 가해자가 되어 감옥에 갔다.

그때도 강봉수 같은 인간을 만나 피하지 못하고 밀쳐버린 것이 원인이었다.

더듬거리며 억울함을 설명했지만 전과자라는 낙인은 법보다 우선이었다.

국선 변호사는 언어장애가 있는 나를 미리 선처 대상으로 분류하고 내 억울함을 담은 하소연을 읽어주는 성의조차 보이지 않았다.

낙인효과의 사례 하나로 남을 억울한 6개월의 감옥살이.

낙인효과란 과거의 잘못을 근거로 현실을 재단하려는 감정이 담긴 편견이다.

특히 나처럼 범죄사실이 뚜렷한 사람들에게는 아무리 마음잡고 허물없이 산다고 해도 사람들은 일단 전과자라는 낙인효과를 사실적으로 인용한다.

그런 사람들에게 나는 항상 불리한 존재였다.

김형사는 그런 과거 범죄사실을 근거로 나를 잠재적인 범죄자 취급하며 나의 일상을 의심하고 추적했을 것이다. 어쩌면 미제사건의 용의자로 의심했을 수 있다.

언젠가 진실은 반드시 밝혀지고 빛이 어둠을 이긴다는 말이 있다.

그러나 그 말은 힘을 가진 소수의 '갑'이 힘없는 다수의 '을'에게 던지는 희망이라는 미끼였을 뿐이다.

어린 시절 나에게 도둑 누명을 씌운 누군가는 끝내 찾지 못했고, 내가 훔치지 않았다는 진실은 묻히고 말다.

2차 출소 후에 우연히 나에게 불리한 증언을 했던 사람을 만났는데, 사과 한마디 없이 오히려 나를 험담하며 따돌림에 앞장섰다.

마음속에 담아둔 말을 생각대로 다 하고 살 수 없는 세상에서 진실을 말하는 것은 고통일 수 있다.

그렇다고 혼자 눈물을 흘리고 가슴을 친들 원통함이 가실 것인가?

전생이 있는지는 모르지만, 만약 전생이 있다면 전생에 못된 죄를 지어 지금처럼 벌을 받는 중이라고 생각하면 속이 편해진다.

젊은 의경이 다가와 김형사의 귀에 무슨 말을 소곤거리자 김형사는 느릿하게 일어섰다.

고개를 갸웃하면서 내가 A4용지에 쓴 글을 챙겨 들더니 어디론가 사라졌다.

이내 돌아온 김형사는 화순집 어느 구석에 박혀 있으리라고 여겼던 내 작업복과 연장이 든 가방을 들고 있었다.

"이거 당신 것 맞아요?"

다시 확인하는 그에게 나는 고개를 끄덕였다.

태도가 돌변한 김형사가 건네준 가방을 받아들고 우선 가방 안을 확인했다.

가방은 닫혀있지만, 누군가 속을 뒤졌음을 직감할 수 있었다.

범행의 단서를 찾는다는 명분으로 개인의 사생활까지 엿보고 엿듣고 미행하는 일이 경찰의 주된 업무 중의 하나임을 모르지 않기에 고개만 끄덕였다.

"당신은 혐의없음이 밝혀졌어. 의식을 되찾은 강봉수도 그렇고 화순댁이나 박요셉씨가 당신한테 유리하게 증언을 해줬지."

처음부터 김형사도 내가 혐의 없다는 사실을 알았을 것이다.

그런 김형사에게 왜 남의 가방 속을 봤느냐고 따진들 돌아오는 대답은 듣지 않아도 뻔하다.

가방의 바깥 주머니에 넣어둔 두 권의 시집과 일기장 형태의 메모장과 자격증 복사 파일은 그대로였다.

"대입 검정고시 합격, 배관설비 기능사 자격 취득, 그리고 배관 설비 면허가 있다는 말을 왜 안했어?"

그런 사실은 묻지 않았고, 설명할 기회도 주지 않았는데 먼저 꺼낼 수 있는 말이던가.

"과장님이 가방 안에 든 시집이며 면허증과 메모장을 보신 모양이야. 수사상 필요해서 본 것이니 오해는 말아. 그래도 과장님이 보셨기에 당신에 대한 혐의가 풀렸으니 전화위복이 된 셈이지."

전화위복? 그런 경우 적용하는 사자성어가 아니다.

과장에게 감사하라는 말이 따르지 않는 점만도 다행이다.

"노동자가 시집을 읽는다? 시도 쓰는 거야? 하긴 노동자 시인도 있다고 했지…."

감히 노동자 주제에 시집을 읽고 시를 끄적일 주제가 되느냐는 비꿈과 무시였다.

"가도 되에는 거언가요?"

"가만있어요. 수사 지침이 떨어져야 하니."

이제 참고인 역할이 끝났음에도 아직은 마음대로 나갈 수 없다는 말이었다.

나를 피의자 취급한 사실에 대해 미안하다는 사과를 기대하지 않았다.

그런데 또 가만있으라니!

그러나 죄 없어도 자유를 구속하고 가두어둘 수 있는 국가 권력, 김형사는 권력을 집행하는 대리인이었다. 만약 더듬거리는 말로 불쾌한 심정을 드러낸다면 김형사의 공무를 방해하는 공무집행방해죄를 뒤집어쓸 수도 있다.

잃어버린 나의 하루가 김형사의 하루 실적으로 남고, 힘없는 노동자가 비웃음과 모욕을 감수하면서 쓴 진술서는 공적 문서가 될 것이다.

팀장인 듯한 경찰이 들어오더니 김형사를 불렀다.

"박지웅씨는 훈방 결재가 난 모양이야."

"이 사람만이요?"

"피해자 늑골이 부러져 팔주진단이 나왔다는데⋯. 임정섭이나 김민호도 피해자라고 우기는데⋯, 강봉수의 처와 아들이 합의해줄 수 없다고 한다네."

처는 죽었고 아들은 자폐라고, 그래서 시설에 있다고 했던 강봉수의 말은 어찌된 셈이란 말인가? 강봉수의 연극에 속았던 내가 순진

했는가 아니면 바보였는가?

"강봉수도 상습범이지만 현재는 피해자니…, 임정섭이와 김민호는 쉽게 나가기 어렵겠어. 없는 처지에 싸움은 어째서 더 많은지…?"

팀장은 돌아가고 김형사는 이제 자신의 하루 역할도 끝났으니 홀가분하다는 자세로 등받이에 몸을 젖히고 다리를 꼬았다.

지금까지 자신이 했던 일이 무슨 의미가 있으며 상대방이 어떤 생각을 했을지에 대한 사려가 배제된 느긋한 표정.

"오늘 일은 너무 서운하게 생각하지 마쇼. 살다 보면 이런 날도 저런 날도 있는 것 아니겠소. 일진이 사나운 재수 없는 날이었다고 생각하쇼."

끝까지 미안하다는 말이 아니라 이해를 강요하는, 권력의 편에 서서 자신의 우월적 지위를 과시하는 오만한 태도.

"나이도 있고…, 이제 싸움판에는 끼어들지 마쇼. 이번에는 훈방으로 끝났지만 당신은 전과가 있는 사람이라 더 조심해야 될 거요. 알았어요?"

어차피 인간의 법이 규정한 평등이란 불평등한 자연계의 먹이사슬을 감추기 위한 기만이요 가식일 뿐인 세상에서 약자는 강자의 먹이일 수밖에 없는지 모른다.

가진 것을 버리고, 집착과 탐욕 그리고 원망과 증오와 복수심을 버리고 용서하라고 가르치면서 정작 약자들에게는 가혹한 형벌과 모욕이 법의 이름으로 정당화되는 사회에서 약자는 그 부당함을 지적하고 거부하기는 어렵다.

더구나 전과가 확실한 나는 언제든지 낙인효과의 우선 대상자이면서 용의선상에 오를 수밖에 없는 존재 아닌가.

말을 더듬거리는 신체적 약점, 노동자라는 사실만으로 말귀도 알아듣지 못하는 동물 취급하더니 "훈방"을 강조하며 엉뚱한 훈계를 더 하는 그를 보며 어이없는 웃음이나 흘릴 수밖에 없다.

선의를 왜곡하고 진심을 믿어주지 않은 사람들, 그런 사람들이 모인 공간을 벗어난다는 사실을 다행으로 여기며 가방을 어깨에 걸고 가만히 일어섰다.

현관까지 따라 나온 김형사가 선심이라도 쓰듯 손바닥을 펴고 악수를 청했다.

김형사가 내미는 손을 잡은 나는 살짝 웃으면서 노동으로 단련된 팔뚝에 힘을 주어 [파이프렌치]를 돌리듯 꽉 쥐었다.

순간, 따라 웃던 김형사의 얼굴이 일그러진다.

부당하게 피의자 취급당했던 시간에 대한 앙갚음을 겨우 동물적인 힘으로 답할 수밖에 없는 나의 모습이 스스로 생각해도 유치하고 희극적이다.

바깥세상의 하늘은 여전히 흐리다.

폭풍 속의 종이비행기

"요섭아, 이제 얼머 안 있으면 기린麒麟이 올 게다. 기린이 오면 지금의 난세는 끝나고 만다. 조금만 참아리. 네 고생도 끝이 머지 않았다."

벌써 수백 번 넘게 들은 이야기다. 가늘게 더듬거리는 할아버지의 영혼은 이미 이승의 경계를 벗어난 것처럼 보인다.

인터넷을 뒤졌더니 기린이란 난세를 구원해줄 인물이 출현할 징조를 미리 보여주는 상징적인 동물이라고 한다. 할아버지는 기린에 관한 이야기를 어디서 누구에게 들은 것일까.

"불쌍한 늙은이, 에고…!"

그런 할아버지를 보며 할머니는 한숨만 쉬었다. 차마 죽으라고 말 못 하는 할머니의 심정이 한숨에 그대로 묻어나고 있다.

젊은 시절 마을 이장을 이십 년 넘게 했던 할아버지였다. 배운 것은 없어도 정확하고 꼼꼼하여 실수가 없었고 남에게 의심받을 짓을 하지 않았기에 마을 사람들의 신망이 두터웠다.

　지금도 마을 사람들은 할아버지를 마을 어른으로 대접하며 쓰러진 할아버지를 걱정해준다.

　불쌍한 할아버지. 밥이 넘어가지 않는다. 주먹으로 벽이라도 쳐서 무너뜨리고 싶다.

　어린 시절 다녔던 주일학교에서는 죄를 많이 지으면 반드시 하나님의 노여움을 사게 된다고 했다. 불교에서는 전생에 지은 죄가 많으면 현세에서 고통을 당한다고 했다. 그런 논법에 의하면 할아버지는 전생에 죄를 많이 지었다는 말이 된다. 그렇다면 평생 마을 밖을 나가지 않고 농사만 지은 할아버지는 전생에 무슨 죄를 얼마나 지었기에 헛소리나 하면서 대소변도 못 가리는 말년을 맞이하게 된 것일까?

　내가 모르는 악행을 저지르기라도 했단 말인가?

　또 할머니는 또 무슨 죄를 얼마나 지었기에 돈 벌겠다고 사라진 며느리, 그 며느리를 찾으러 다니다가 의문의 죽음을 당한 아들의 처참한 모습을 봐야 했고, 졸지에 손자와 손녀를 맡아 키워야 했으며 병든 영감을 수발하는 벌을 받는 것일까?

　숟가락을 놓고 일어서는데 할머니가 가만히 부른다.

　"통장에 돈이 언제 들어온다냐?"

　자식들의 형편을 고려하지 않은 국가는 자식이 있다는 사실만으로 할아버지와 할머니는 생활보호 혜택을 주지 않았다. 두 사람이 받는 노인 수당이라야 할아버지 약값도 안 되는 돈이다. 그마저 들어올 날은 멀었다.

"얼마나 필요한데요?"

"이천 원만 있으면 쓰겠는디."

야간에 잠도 못 자고 번 돈으로 실질적인 가장 노릇을 하는 나에게 할머니는 늘 미안해한다. 할머니는 내가 지갑 여는 것을 외면하려는 듯 먼 산을 보고 서있다. 식사 대신 라면 국물로 연명하는 할아버지에게 끓여 줄 라면 몇 개 값이 필요했으리라.

내 지갑이라고 두둑해 본 적이 있었던가. 월급날까지는 아직도 일주일이 남았다. 지갑을 헤아려보고 만원을 뽑아 할머니 손에 쥐여주니 할머니의 눈에 눈물이 비친다. 서럽다. 아들 둘 딸 셋을 낳아 허리띠를 졸라매며 고등학교라도 보냈건만 용돈 한 푼 주는 자식이 없는 할머니의 고단한 삶이 나를 서럽게 한다.

지갑에 남은 돈은 오천 원 지폐 한 장, 천원 지폐 두 장이다. 학교 가는 버스비 천원을 제하고 담배 한 값 사면 [알바] 하는 주유소에 갈 차비나 남을 것이다. 정 급하면 주유소 사장님에게 가불할 수도 있다는 생각에 불안하지는 않다.

비가 내린다.

시험만 아니면 학교에 가고 싶지 않은 날이다. 비록 답안지에 이름만 쓰고 답은 한 줄로 죽 그어버리고 잠이나 자는 시간이지만 졸업을 위한 과정이기에 억지로 걸음을 뗀다.

가방에서 우산을 꺼낸다. 그저께 미영이 사은품으로 받은 물건이라며 가방에 넣어준 삼단 접이 우산이다. 그만두라고 해도 장마철이니 넣어두라는 말을 뿌리치지 못하고 담아뒀는데 유용하게 쓴다.

맑은 날 여자들이 양산으로 쓰고 다녀도 좋을성싶은 잔잔한 연분홍 꽃무늬 우산이다.

미영이는 같은 학교에 다니는 여자아이다.

미영이는 부모의 이혼으로 어머니와 단둘이 산다. 그런 미영이와 나는 공공연하게 '사귄다'고 알려진 사이다. 미영이는 나를 '남친'으로 여기지만 나는 한 번도 미영이를 '여친'으로 생각한 적이 없다. 마땅히 좋아하는 여학생도 없고 사귀고 싶은 생각도 없기에 그냥 두고 있을 뿐이다.

미영이도 그 점을 안다. 그런데 미영이는 나의 그런 점마저 좋다면서 떨어질 생각을 하지 않는다. 그리고 친구들에게 끝까지 "요섭이는 자기 것"이라고 오금을 박는다. 한마디로 웃기는 아이다. 그렇다고 남들이 의심하는 짓은 하지 않았다. 아니다. 어느 날인가는 미영이 노골적으로 나를 원했어도 나는 미영의 손을 잡는 이상의 짓은 하지 않았다.

아마 미영이도 결혼한 남편과 자식들을 팽개치고 떠난 여자들처럼 언젠가는 나를 버릴 수 있다. 내가 말릴 수 없는 일이다.

시험 시간.

문제지를 보는 것도 귀찮다. OMR카드를 받은 순간 답안지에 계열, 학년, 반, 번호 이름 과목 코드를 마킹하면 답은 깊이 생각할 필요 없다. 오늘 날짜를 나누면 그것이 답이다. 오늘은 그나마도 할 필요가 없다. 2일이기 때문이다. 채 5분도 걸리지 않았다. 주변을 둘러보니 벌써 성각이라는 친구는 팔뚝에 고개를 처박고 엎드려 있다.

하긴 곱셈 나눗셈을 못하고 심지어는 한글을 제대로 못 읽어도 말썽 없이 출석만 하면 졸업이 되는 고등학교다. 그런 아이들에게 시험이 무슨 의미가 있을 것인가.

그런 아이들 틈에서 내가 중학교 때까지도 국어와 사회는 곧잘 백점도 맞았다는 사실을 내세운들 무슨 의미가 있을 것인가.

아이들이 5분도 안 되어 엎드려도 감독 교사는 그러려니 하는 표정으로 딴 곳을 보고 있다. 아마 다른 교사가 감독을 했더라도 "무슨 짓이냐?"는 야단은커녕 관심도 갖지 않을 것이다.

이미 교사들에게 어쩔 수 없는 존재 취급을 당하는 나도 두 팔로 얼굴을 감싸고 엎드린다.

창밖으로 비바람 소리만 요란하다. 중국으로 흘러간 태풍이 열대성 저기압으로 우리나라를 통과한다던가. 그러나 그건 나와 상관없는 일이다. 간밤의 부족한 잠을 청하지만 이상하게 잠은 오지 않는다.

나에게도 행복한 시절이 있었다.

아버지는 공고를 나와 자동차 부품업체에 근무하는 회사원이었다. 아버지와 어머니는 교회에서 만나 연애 결혼했다고 들었다. 그래서인지 두 사람의 사이는 좋았다고 기억한다. 젊은 시절 직장 생활도 했다는 어머니는 내가 초등학교 3학년까지도 교회나 다닐 뿐 바깥출입을 모르던 평범한 주부였다.

세상 대부분의 여자는 엄마, 어머니 혹은 어미라는 존재가 된다.

살냄새를 맡으면 그저 좋았던 엄마는 어느 날부터 대상화된 존재로서 보통명사인 어머니가 되었다.

장로님의 딸로 태어나 유아세례를 받고 교회의 성가대에서 찬송을 불렀던 엄마, 일요일이면 남매의 손을 잡고 교회에 나가 신도들의 부러움을 샀다.

누나와 나는 제법 상장도 많이 받았다. 착하다는 칭찬도 많이 들었다. 어머니는 그런 누나와 나에게 피아노를 배우게 했고, 한문학원도 보냈다. 중학교 시절 공부에 전혀 관심을 두지 않으면서도 그런대로 교사들의 말을 이해하고 세상의 눈치를 빨리 알아차릴 수 있었던 것은 한문학원에 다녔던 덕이라고 생각한다.

초등학교 5학년 이후 피아노 앞에 앉아본 적이 없으니 현재의 수준을 가늠할 수 없으나 이따금 '엘리제를 위하여' 혹은 '은파' 같은 곡을 들을 때면 어린 시절을 떠올리곤 한다.

스벌! 되돌릴 수 없는 시간.

특별히 풍족하지도 그렇다고 부족하지도 않은 생활이었다. 그런데 어느 날부터 어머니가 돈을 벌겠다고 나선 이후 집안의 평화는 깨지기 시작했다.

회사에 다닌다던 어머니의 귀가 시간이 늦어지고 가끔 술 냄새를 풍길 때도 있었다. 무엇을 하는지 몰랐으나 아버지와 다투는 날이 늘었다. 반질거리던 가구 위에는 먼지가 쌓이고 빨래조차 제때에 이루어진 적이 없어 내 옷차림은 내가 봐도 한심스럽게 변했다.

누나와 둘이서 밥을 먹는 횟수도 늘었다. 먹어도 늘 허기를 벗어날 수 없었다.

스벌!

아무리 고개를 흔들어 털려고 해도 잊히지 않는 일!

여름의 끝자락 쯤 되던 날, 괜히 심술이 나서 배가 아프다는 핑계로 학교를 나왔지만 갈 곳이 없었다. 집에서 컴퓨터나 하자고 열쇠를 따고 집에 들어선 순간.

당연히 아무도 없을 줄 알았는데 거실 바닥에 치마를 걷어 올리고 엎드려 있는 어머니 뒤에 올라탄 발가벗은 사내가 친구들과 몰래 봤던 야한 사진의 장면을 연출하고 있었다.

처음에는 강도가 들어온 줄 알았다. 그러나 눈이 마주친 사내는 어머니와 같은 회사에 근무한다며 어머니에게 누님이라고 했던 얼굴이었다. 모든 것을 짐작할 수 있었다.

내가 들어선지 모른 채 괴성을 지르는 어머니를 볼 수 없어 문을 닫고 도망쳐 나왔으나 어머니의 하얀 엉덩이가 떠올라 "스벌!" 소리와 함께 여러 번 침을 뱉어야 했다. 어머니와 얼굴이 마주치는 것도 오싹했다.

그 얼마 후 가을바람이 불 무렵, 어머니는 집을 나가버렸다. 어머니 없는 살림은 당장 불편했지만 그렇다고 나는 집 나간 어머니를 기다리지도 않았다.

아버지는 그런 어머니를 무던히 찾는 눈치였다. 술을 입에 대지 않던 아버지는 취해 들어오는 날이 많았다. 아버지는 어머니가 집을 저당 잡힌 돈을 가지고 사라졌다고 했다.

자신의 욕망을 쫓아간 어머니. 작지만 우리의 보금자리였던 아파트에서 쫓겨나고 중학생인 누나와 초등학교 6학년 진급을 앞둔 나는 졸지에 시골로 내몰렸다.

사춘기의 누나는 더 충격을 받은 듯 술과 담배를 입에 대더니 중학교 졸업도 못 하고 가출하고 말았다. 이제는 어디에 있는지도 모른다. 나 역시 알고 싶지도 않고.

망가지는 것이 어찌 자식들뿐이겠는가?

나는 이제 직장을 놔버린 아버지의 고통과 방황을 이해한다.

"네 엄마만 돌아온다면 다시 시작하고 싶다."

어쩌면 아버지는 어머니를 만나 설득했는지도 모른다. 그래서 그런 말을 했는지도 모른다.

우리를 시골에 둔 아버지는 명절에도, 누이와 나의 생일에도 오지 않았다. 마지막 전화로 음성을 들은 것이 중학교 입학 무렵이었을 것이다. 그리고 소식조차 없던 아버지는 내가 중학교 2학년이던 여름 전라선의 한적한 시골 철로 변에서 시체로 발견되었다.

경찰은 누군가 죽여서 버린 것 같다고 했다지만 아버지를 죽인 범인을 잡았다는 연락은 없었다. 범인이 자백하지 않는 한 아버지는 무엇 때문에 누구에 의해 죽었는지는 알 수 없을 것이다.

집으로 가서 한숨 잘까도 생각했으나 기린이 곧 온다고 헛소리를 반복하는 할아버지를 보는 일이 지겹다. 차라리 에어컨이 있는 주유소에 가서 노는 편이 낫다. 학교 급식소에서 점심을 든든히 먹은 나는 [알바]하는 주유소를 가기 위해 버스정류장으로 간다.. 집과 반대 방향에 있는 주유소는 학교에서 4km 쯤 되는 거리로 여름날 걷기에는 무리다. 오늘은 버스를 탄다. 부족한 잠은 내일 학교에서 때우면 될 것이다.

시간당 3,500원, 철야를 하면 4,000원을 받는다. 아마 한 달에 팔십만 원은 벌 것이다. 고등학생 수입으로는 괜찮은 편이지만 아직 저축은 한 푼도 없다. 내가 쓰는 용돈 그리고 자식들의 도움을 받을 수 없는 병든 할아버지와 세 식구의 생활비에도 빠듯했기 때문이다.

주유소 일이란 단순하여 고단하지는 않지만, 사람대접 안 해주는 인간들을 자주 만나는 것이 힘들다. 인사를 받아주기를 기대하지는 않는다. 반말로 차 유리창을 닦으라는 것쯤이야 웃을 수 있다.

"얼마나 넣을까요?"

하는 말에 대답도 귀찮다는 듯 손가락 두개나 세 개를 펴 보이는 인간들을 보면 차만 번지르할 뿐 대개 실속이 없다. 주머니에서 꼬깃꼬깃한 만 원짜리 두 장를 던져주고 영수증도 받지 않고 사라지는 인간들은 대부분 카드 사용이 안 되는 신용불량자라고 한다. 사은품으로 나가는 휴지나 장갑을 더 달라고 하는 것은 애교로 봐줄 수 있다. 그런데 손님 중에는 기름값이 많이 나오면 주유기에 문제가 있는 것 아니냐며 의심하고 더러는 기계 조작을 잘못한 것 아니냐며 험한 말을 쏟아내는 손님들도 있다.

그리고 더러는 현금 영수증을 달라고 해 놓고 그걸 빼는 사이 순식간에 도망치는 얌체들도 있다. 특히 한밤중이나 새벽에 그런 놈들이 많은데 눈 빤히 뜨고 당하는 날이면 인간에 대한 불신은 켜켜이 쌓인다. 달아나는 차를 쫓아도 계획된 범죄를 막을 수 있을 것인가. 차량 번호를 신고해도 잡혀오는 차는 없었다. 요즘은 한밤중에 더구나 현금 영수증을 요구하는 운전자들이 오면 일단 뺑소니부터 의심하고 차에서 눈을 떼지 않는 버릇이 생겼다. 뺑소니를 당하는 날이면 내 일당도 절반으로 줄기 때문이다.

사람 좋은 사장도 그 점에서는 양보하지 않는다. 오히려 절반이라도 주는 것을 선심인양 생색을 낸다. 그런 사장에게 내 몫을 따질 만큼 나는 야무지지도 못하다.

잠들지 못하는 사람들이 많은 것인지, 세상이 사람들을 잠들지 못하게 하는 것인지, 한밤중에 움직이는 사람들이 많다. 앉아서 깜박 조는 시간조차 허락하지 않은 손님들의 치다꺼리를 하다보면 여름날은 쉬 밝아온다. 새벽 추위에 떨면서 주유기를 잡아야하는 겨울에 비하면 여름철에는 할 만한 일이다.

오늘은 오후 5시부터 밤 12시까지 일하는 날이다.

밤에는 착한 아저씨들을 만나 팁을 이천 원, 삼천 원씩 오천 원이나 받았다. 사장님도 할머니 드리라고 냉장고에 있던 수박 반통을 비닐에 담아 준다.

기분 좋은 시간은 거기까지였다.

작은아버지.

부모덕 없는 놈이 친척덕을 바랄 수 있을까만, 작은아버지에게 살의를 느낀 적이 여러 번이다.

못 배우고 가진 것 없이 출발했던 인생이니 넉넉하기를 바랄 수 있으랴. 한때는 근사한 자가용을 타기도 했다. 변두리지만 서울에 아파트를 가졌다는 자랑도 했다. 결혼식을 못 올리고 살림을 차린 작은 어머니하고도 사이가 좋았던 것으로 기억한다.

그런데 내가 초등학교 입학 무렵 작은아버지의 살림은 거덜났다.

아버지는 갈 곳이 없는 작은아버지에게 도움을 주었던 것 같다. 착실하게 모은 돈을 시동생 때문에 날리고 말았으니 어머니인들 달가웠을 것인가. 어머니가 친정에서 빚을 내어 갚기도 했다는 말도 들었다.

그렇게 도와주었건만 미안하다는 말도 없이 술만 마시면 집으로 찾아와 어머니를 붙들고 읍소를 했다.

"형수님, 한 번만 도와주십시오, 이번이 마지막입니다."

앞에서 눈물을 흘리는 작은아버지를 외면하지 못했던 어머니는 쌀값이라도 쥐어보냈는데 훗날 어머니의 푸념에 의하면 우리 살림은 그 때문에 많이 얼 들었던 것으로 짐작된다.

결국 그런 일이 어머니로 하여금 아이들의 용돈이라도 벌겠다고 나서게 했을 것이다. 말하자면 작은아버지는 우리 가족을 풍비박산 시킨 원인 제공자의 한 사람이다.

어머니가 사라진 후에 우리 앞에서 어머니에게 갖은 욕을 했던 사람도 작은아버지였다.

"남자들에게 눈웃음 살살 치는 꼴을 보면서 얼굴값 할 줄 알았어."

사람들은 자신의 과실이 상처처럼 드러나지 않으면 모르는가.

작은아버지의 말이 부당하다는 사실을 알 수 있지만 나이도 어린 내가, 더구나 어머니의 불륜 현장을 봐버린 내가 나서고 싶지 않았다. 무엇 때문에 자신의 형수가 밖으로 내몰리다가 불륜의 덫에 걸렸는지 모르는 작은아버지에게 분노만 키웠을 뿐이다.

작은아버지가 값도 안 나가는 시골 농지를 손대기 시작한 것은 한

3년쯤 될 것이다. 처음에는 유산을 미리 달라고 할아버지를 조르더니 나중에는 할아버지와 할머니에게 욕설을 퍼붓고 억지로 강탈해 갔다. 할아버지에게 작은아버지는 자식이 아니라 원수였다. 할아버지가 급작스럽게 정신을 놓은 원인은 아무래도 작은아버지의 패륜으로 인한 충격 때문으로 짐작한다.

소농이었지만 밥은 굶지 않을 정도였던 농토는 이제 내 명의로 되어 있는 한 마지기 논만 남았다. 진작 그 논에 눈독을 들인 작은아버지는 몇 번인가 할아버지를 졸랐다가 나에게 상속된 것을 알고 나를 협박하고 회유하기 시작했다.

"작은아버지가 돈 벌면 어디다 쓰겠느냐? 너 대학 갈 때는 내가 책임지고 갚아주마."

듣고 있던 할머니가 사지 멀쩡한 인간이 벼룩의 간을 빼먹지, 부모 없는 조카 이름으로 되어 있는, 더구나 소형차 값도 안 되는 논 뙈기에 눈독을 들이느냐고 야단을 했지만, 작은아버지는 들은 척도 하지 않았다.

돈에 눈이 멀면 사람은 더 집요해진다. 체면과 염치도 사치품이 된다.

그런 작은아버지가 내 방을 차지하고 누워있다. 술 냄새가 짙다. 내가 들어가도 인사불성이다. 이제 다시 할아버지가 나를 위해 남긴 단 하나의 유산을 노리고 왔을 것이다.

작은아버지를 피해 집을 나가고 싶지만 그친 것 같던 비는 더 굵어진다. 바람도 세어지는 것을 보니 큰비가 내릴 것 같다. 마당에서 담배 한 대를 피우고 비를 피해 다시 안으로 들어간다.

"요섭이냐?"

술이 덜 깬 작은아버지다. 어쩐지 소리가 간지럽다.

"고생이 많다." 단순한 인사치레의 말에 대답할 필요는 없다.

"네 할아버지도 다 된 것 같다. 여기가 아프리카도 아닌데 무슨 기린이 온다는 것인지…. 네 할머니와 네가 고생이 많다. 참, 담배 있냐?"

담배를 내밀면 "학생이 무슨 담배냐"고 할 것이다. 그렇다고 감추면 "다 아는데 내놓지 않는다"라고 야단할 것이다. 이래도 터지고 저래도 터지는 것이 내 운명이다.

담배를 건넸더니 통째로 자기 앞으로 끌어당긴다. 의외로 잔소리는 없다.

"이제 반년만 다니면 졸업이지?"

"예."

"대학은 가야지?"

"포기했습니다"라는 말을 삼켰다.

"네 아버지는 네 어머니네 친정 식구들이 죽였다."

무슨 증거로 그렇게 단정하는지 알 수 없다.

"네 어머니는 사내에게 돈 빼앗기고 버림받았어. 버림받아도 싸지만…. 만나봤다."

묻고 싶지도 않다. 그냥 귀찮다.

"궁금하지도 않느냐?"

"저는 이제 다 잊었습니다."

"독한 놈이구나."

피곤한 시간이다.

"너도 알다시피 내 형편이 어렵다. 그래서 하는 말인데 네 앞으로 된 논을 팔았으면 한다. 네 동의가 필요하다. 이제 너도 미성년자가 아니다. 18세가 이상이면 부동산 거래를 할 수 있다. 마침 사겠다는 사람도 있으니 이 기회에 넘기는 편이 나을 것 같다. 놔두어도 네가 농사를 짓기나 하겠느냐?"

예상했던 대로다. 스벌! 소리가 나오려는 것을 꿀꺽 삼켰다.

"우선 네가 대학 입학하면 등록금은 내가 돈을 벌어 대주마."

내 밥그릇에 담긴 밥마저 빼앗아가는 사람에게 "사실상 할아버지 할머니를 모시는 조카에게 용돈 한 번 준 적이 있느냐?"고 대들고 싶다.

밖에서 비바람 소리는 더 요란하다. 달아나고 싶다. 작은아버지를 피해 비속을 뛰어서라도 도망치고 싶다. 치마를 걷어 올린 채 뒤에 붙은 남자를 받아주던 어머니의 모습이 어른거린다. 그 남자가 작은아버지 같기도 하다.

이번에도 스벌! 소리를 삼켰다. 입에 달고 다니는 '스벌!' 그렇지만 남들에게 들릴 정도로 뱉어본 적이 없다. 내 안에서 맴도는 탄식, 원망, 분노, 미움을 혼자 삭이고, 과거의 아픈 기억을 잊기 위해 도리 짓을 할 때 한숨과 함께 가슴을 쓰다듬는 나 혼자만의 언어, 스스로 다스리는 채찍이기도 하다.

"이 집은 네 명의로 해주마."

속이 훤히 보이는 말에 집도 필요 없으니 그것도 가지려면 가지라는 말을 하고 싶었다. 집이 무슨 소용인가. 나에게 현재의 낡은 집은 우선 잠이나 자고 밥이나 먹는 곳 밖에 아니다. 애정도 없고 그렇다고 사랑이 담겨 있지도 않은 건물일 뿐이다. 그래서 아무런 관심도 없다.

"너도 담배 한 대 피울래?"

뻔히 못 피울 줄 알면서 말로 선심을 쓴다.

스벌! 이다. 사실 이제 맞짱을 뜬다면 작은아버지를 땅에 눕히기는 식은 죽 먹기다. 그러나 작은아버지에게 힘자랑할 만큼 모질지 못한 나.

"다 알아서 하십시오."

그러나 "할아버지와 할머니를 잘 모십시오"라는 말은 생략했다.

"고맙다."

작은아버지는 내 안의 불만을 모를 것이다. 내가 당신에게 하고 싶은 말이 무엇인지 관심도 없을 것이다. 안다고 한들 도움이 되지도 않을 것이다.

내일은 금요일 마지막 시험날이다. 하지만 시험 과목도 모른다.

잠이나 자자. 하지만 잠을 이룰 수 없다.

도대체 내 인생은 뭐냐. 철이 든 후 한 번도 내가 원하는 것을 가져본 적도 없고, 이루어본 적도 없는 내 인생은 누구의 것이냐? 나는 무엇을 바라고 살았는가? 나에게 꿈은 있었던가?

마지못해 입학했던 고등학교였다. 그래서 고작 출석일수나 채우며 2년 반을 보냈다. 수능은 아예 생각도 못 하고 하다못해 그냥 받아준다는 전문대학도 나에게는 먼 곳이다.

실력도 없다. 돈도 없다. 나를 끌어줄 사람도 없다. 내가 비빌 언덕도 없다.

밖에 비바람은 많이 약해진 것 같다. 담배 생각이 났지만 몸을 뒤척이는 작은아버지 주머니에 들어간 담배를 빼낼 수도 없다.

정말 스벌! 이다.

7월 3일 금요일, 아침이다.

휴대폰 자판을 보니 벌써 여덟시가 넘었다. 새벽에 눈을 붙였는가 싶었는데 늦잠을 잔 것이다. 작은아버지의 모습은 보이지 않는다. 밖을 보니 하늘은 여전히 어두운데 비는 그친 모양이다.

할아버지는 휑한 눈으로 나를 본다. 또 "기린이 온다"라고 할 것만 같다. 그래도 부모가 버린 나를 거두어준 사람 아니냐. 꾸벅 인사를 한다.

"할머니 학교에 다녀오겠습니다."

하고 부랴부랴 집을 나섰다. "한술 뜨고 가라"는 할머니의 소리가 뒤를 따른다.

할머니를 보면 마음이 약해진다. 미안하고 고맙다. 그러나 오늘은 할머니 손에 쥐어줄 돈도 없다.

"조심해라!"

할머니의 소리가 유난히 크게 들린다.

뒤돌아보니 할머니는 마루에 털썩 주저앉고 있다.

원래 초가집이었는데 새마을 사업한다고 지붕만 스레이트로 바꾼 집이라고 들었다. 그 집도 이제 풀썩 내려앉을 것 같다.

마을 앞 개울이 넘친다.

초등학교의 노란 스쿨버스가 마을 앞길을 슬금슬금 지나간다.

마을 이장 집에서 작은아버지가 나온다. 아마 작은아버지는 할아버지 '병원비를 마련하기 위해서'라며 논을 흥정했을 했을 것이다. 작은아버지로 인해 그렇잖아도 무시당하고 사는 인생이 더 비참해진 꼴이다.

"잘 되었다."

그러면서 작은아버지는 나를 보며 웃는다. 다시는 그런 웃음과 만나지 않기를!

그 순간 문자가 들어온다. 미영이 아니면 보낼 사람이 없다. 뭐하느냐고, 빨리 오라는 재촉이다. 문자를 보는 척 작은아버지의 시선을 피해 걸음을 재촉한다.

한 길에 나와 잠시 기다리니 읍내로 가는 버스가 온다. 시간으로 보면 학교에 늦은 시간은 아니다. 그래도 마음이 바쁘다.

차 안에는 자주 만나는 10여 명의 중고등학생들이 시끄럽게 떠든다.

같은 학년인 은석이는 보이지 않는다.

공부 잘하는 은석이에게 시험은 중요한 일, 그래서 앞차로 먼저 갔을 것이다.

나에게도 꿈이 있었다.

선생님이 되겠다는 꿈, 그래서 부모님과 행복하게 살겠다는 꿈이.

그런데 부모는 나에게서 꿈을 빼앗아가 버렸다.

고아 아닌 고아가 되었다. 부모 없는 조손祖孫가정은 곧 결손缺損가정이라고 했다. 결손가정 아이들은 문제가 없어도 문제아가 되었다. 피아노를 배울 수도 없었고 한문학원에도 다닐 수 없다는 사실도 받아들이기 힘들었지만, 단순히 조손가정이라는 이유만으로 불편하게 대해주던 담임교사는 최악의 인연이었다.

가난하다는 사실이 불량한 것은 아닌데 익숙하지 못해서 저지른 작은 실수에도 "너는 그런 놈"이라며 인정하지 않으려는 교사 앞에서 나는 작아지고 있었다.

내가 옳은 말을 해도 "쥐뿔도 없는 것이 아는 체 하기는….”하면서 기를 꺾었다.

반 아이가 미는 바람에 쓰레기통을 들고 뒹구는 나에게 다친 곳 없느냐는 말 대신에 "하는 짓도 맹하더니….”하며 혀를 차기도 했다. 기분 좋아 웃어도 흉이 되고, 눈물이라도 보이는 날이면 여지없이 못난이가 되었다. 예수님의 아버지 이름을 따서 붙여준 요셉이라는 이름도 놀림이 되었다. 주변의 모든 사람에게 인정받고 싶었지만 나는 미운 오리새끼였으며 길가에서 사람들에게 짓밟히는 한 포기의 잡초였을 뿐이다.

용인 자연농원, 민속박물관이며 롯데월드를 이야기하는 나를 인정해주는 아이들도 없었다.

중학교에 가서도 형편은 나아지지 않았다. "공부하면 잘 할 수 있는 놈"이라는 말로 관심을 보였던 교사들도 있었지만 정작 내면의 외로움과 고통을 이해해주는 교사는 없었다.

아무도 사춘기의 갈등과 반항심을 이해해주지 않았다. 집에서는 늙은 할아버지와 할머니의 잔소리, 학교에 가면 교사들의 꾸중만 기다리고 있었다.

지각한다. 수업 시간에 헛생각만 한다. 과제를 하지 않는다. 복장이 엉망이다. 성적이 나쁘다…. 모든 것이 내 잘못이었다.

그리고 나에 관한 사항은 족보처럼 다른 선생님들에게 인계되었다.

하소연할 상대도 없었다. 나를 끼워준 아이들이 어떤 부류인줄 모르는바 아니었으나 나는 소위 문제아들과 어울리며 담배를 배웠다. 그런 나에게 어떤 교사는 "사람은 하기 나름이다. 사랑도 미움도 다 제 몸에서 나오는 법이거든. 네가 잘하면 너를 미워할 사람이 없다는 말이지." 하며 뺨을 갈겼다. 중 2때 담임교사는 "매사에 의욕이 부족하다"라는 기록을 남겼다.

중학교 3학년 때, 영어 교사가 있었다. 가정환경을 묻고 담배를 피우느냐고 물었기에 솔직하게 말했더니, 앞으로 어려운 일이 있으면 자기에게 털어놓으라고 해서 잠시 감동을 먹은 적이 있었다. 그러나 찾아가 고민을 털어놓기에 내 머리는 아직 정리되지 않은 나이였다. 몇 번 부르기에 찾아가 묻는 말에 대답하고 다정하게 앉아 사진을 찍기도 했다. 그리고 자장면이나 사먹으라고 내미는 돈을 거절하지 못한 적도 있었다. 그 교사가 무엇 때문에 그런 친절을 베풀었는지 안 것은 그해 연말이었다.

학교 홈페이지에 실린 교사의 공적 사항에 내 이름이 있었다.

이요섭이라는 문제 학생을 사제결연하여 모범학생으로 만들었다는 기사와 함께 학년 초와 학기말의 성적, 심지어 '흡연 학생'이 '금연 학생'으로 변했다는 거짓말이 사실인양 남아 있었다. 속았다는 생각보다 자장면값에 내 영혼을 판 것처럼 기분이 더러웠다.

모범공무원이 되었다던 그 교사는 이듬해 다른 학교로 갔는데 그 후 소식은 모른다.

가끔 어떤 역경에도 굴하지 않고 자신의 꿈을 실현시켰던 위인들의 이야기를 들려주면서 아무리 힘들고 어려워도 자포자기해서는 안 된다고 말했던 교사도 있었다.

맞는 말이다. 나는 과연 처음부터 문제 학생이었던가? 내가 문제 학생이었기 때문에 교사들로부터 미움을 받았던 것인가?

부모에게 버림받고 교사들에게 인정받지 못했던 내가 만들어진 문제아였다는 사실을 사람들은 몰랐단 말인가?

아무튼 나를 이용한 영어교사로 인해 나는 교사들에 대한 존경과 믿음을 접었다.

하나님께 기도해도 얻을 것이 없다는 사실을 알아버린 내가 기존의 세상에 저항 할 수 있는 유일한 무기는 혼자 주변 사람들을 비웃으면서 내가 아는 것도 모르는 척 피하는 길밖에 없었다. '스벌!'이라는 체념과 함께.

중학교 졸업 무렵 진학을 망설이는 나에게 그래도 고등학교는 나와야 사람 구실할 수 있다고 들이민 사람은 할아버지와 담임교사였다. 당연히 내 성적으로 갈 곳은 전문계고등학교라고 명칭만 그럴듯한 실업학교 밖에 없었다.

중학교가 국어, 영어, 수학, 사회, 과학으로 인간을 재단하는 곳이라면 전문계고등학교는 성적에서 밀린 학생들의 좌절과 체념을 고착화시키는 곳이었다. 학교는 학생들에게 따뜻한 심성을 길러주는 곳이 아니었다. 원하는 꿈의 방향을 일러주는 곳도 아니었다. 법과 제도가 요구하는 과도한 억지 규제만 꽉 차있는 곳, 노동자를 양성하는 학교답게 일부 교사들은 불행한 현실에 대한 동정은 있었으되 내면을 이해하고 사랑으로 접근하지 않았다. 편견과 차별과 소외가 숨을 쉬는 학교, 그곳은 나에게 추억도 그리움도 없는 영원한 타향이었다.

무슨 문제가 나왔는지도 모르는 의미 없는 시험.

공부를 잘해야만 좋은 직장에 취업할 수 있다고 다그치는 학교, 그러나 아이들이 정작 갈 곳은 많지 않다.

농업을 배운 여학생들이 졸업 후 공장으로 취업하는 현실이다.

나 역시 고등학교에서 배운 [전문 과목]을 써먹는 일자리를 찾기는 어려울 것이다.

꿈을 죽이는 시험.

이제 한 학기만 넘기면 그 시험도 끝날 것이다.

화장실로 간다. 교사들도 학생들의 흡연 공간이라는 사실을 묵인하는 화장실이다.

벌써 몇 놈들이 연기를 내뿜고 있다. 돈을 못 버는 학생 주제에 담배 인심만은 후하다. 담배를 피운다. 깊게 들이마신 연기를 길게 품어도 가슴에 남은 응어리는 풀리지 않는다.

작은아버지 때문만도 아닌 것 같다.

보고 싶은 것, 듣고 싶은 소리가 있는 것 같은데 그것이 무엇인지 잡히지 않는다.

그런 나를 미영이 끈다.

내키지 않은 길을 걸었던 인생, 내 의지로 선택한 길이 아니었다. 한번 만이라도 창공을 나는 새처럼 내 길을 가고 싶었다. 하지만 나는 스스로 날아갈 동력을 못 갖춘 종이비행기였다.

설사 날더라도 바람에 제 몸을 맡겨야만 하는 운명의 종이비행기.

미영이 끄는 대로 따라가면서 종이비행기를 생각한다. 개인 듯하던 하늘이 다시 흐려지면서 가랑비까지 내리기 시작한다. 비가 내리면 종이비행기는 날 수 없을 것이다.

"어젯밤 네 꿈을 꾸었어. 우리 어머니가 너를 때리는 꿈이었는데 이상하게 나는 말릴 생각을 하지 않고 구경만 했거든. 그래 미안해서 너에게 점심을 사려는 거야."

중학교 앞으로 흐르는 개울은 평소에는 읍내의 하수구 구실을 하지만 장마철에는 골짜기 물을 받아 제법 급하게 물이 흐른다.

나는 미영의 말을 들으며 물이 넘치는 중학교 앞의 작은 강을 본다. 중학교 1학년 시절 여름, 혼자 등교하던 나는 뒤따라오던 몇 아이들이 밀치는 바람에 강바닥으로 떨어진 적이 있다. 재미로 나를 밀어버린 아이들은 썩은 물이 고인 웅덩이에 빠진 나를 보며 웃다가 가버렸고, 그날 아침 나는 수돗가에서 옷을 입은 채 울음을 참으며 냄새가 나는 바지를 문질러 빨아야 했다. 늦게 교실에 들어갔더니 아이들은 코를 막았고 담임은 머리를 쥐어박았다.

스벌!

그때 비가 오지 않아 물이 없었으니 망정이지 지금처럼 물이 넘쳤다면 나는 죽었을 수 있다.

그 냇가에 중학생들이 장난을 치며 가고 있다.

"저러다 누구 하나 빠지지." 하는 내 걱정, 그리고 "어머, 저걸 어째! 요섭아!" 하는 미영이 비명은 찰나의 순간에 일치하고 있었다. 넘쳐흐르는 강물에서 허우적이는 소년, 길에서 당황하여 소리만 지르는 소년들.

나는 흙탕물 속으로 몸을 던졌다.

소년을 밀어내고, 그 소년이 길가에 있던 어른의 손을 잡는 것을 보았다.

사람을 살렸다는 생각을 하며 혼신의 힘을 다해 둑 쪽으로 몸을 빼려는 순간 옆구리를 치는 물체의 충격으로 몸의 중심이 흔들린다. 그리고 물체의 회진에 몸이 감기는가 싶더니 수면 아래로 끌려가고 만다.

누군가 몰래 버린, 개울 바닥을 구르며 흐르던 냉장고에 휘말리다니.

불쌍한 아이. 부모 잘못 만나 나처럼 문제아로 찍힌 미영이.

울면서 나를 부르는 미영의 절규.

세월의 강에서 좌절과 절망과 슬픔과 고통을 혼자 안고 떠밀려 살았던 나.

작은 개울 흙탕물에서 휩쓸려갈 수는 없지.

강가에 서있는 할아버지가 보인다. 할아버지는 처음 보는 동물의 등에 앉아 있다.

날개 달린 사슴 같기도 하다. 할아버지가 기다렸던 기린? 모른다.

할아버지가 내미는 손?

무언가 잡히는 순간 몸이 수면 위로 솟구치며 더러운 물을 토하는 나.

그 길에서 부르는 동심초

"나 지금 목포야…, 여기는 고 삼 때 우리가 백일주 마셨던 집이다. 주인은 바뀌었어도 분위기는 거의 그대로다. 네 소리라도 들으려고 통화했다."

"지금 몇 시냐? 또 병이 도진거냐?"

"나조차 내던지고도 싶었으나…, 일몰은 하루의 끝이 아니라 눈부신 내일을 위한 찬란한 축제라는 사실을 깨달았기에 동심초를 부치듯…, 노을에 물든 바다에 휴대폰만 보냈다."

횡설수설, 잦은 딸국질 그리고 꼬이는 발음.

"너 많이 취했구나."

"야! 임연택! 나 아니면 이 밤에 누가 너 같은 바보에게 전화하겠냐? 감사해야지…. 끊어!"

틈을 주지 않고 끊기는 전화. 기억된 키를 눌렀더니, "이 집 주인인데 잠시 통화하고 싶다고 전화기를 빌려달라기에…."라는 조금 나이가 찬 여인의 소리다.

"미안하지만 바꿔 주시면 안 되겠습니까?"

"방금 나가셨습니다."

"어디로 갈 것인지 다음 행선지라도 물어주실 수 있겠습니까?"

"목포는 자기 바닥이라고 하시던 데요."

휴대폰은 언제, 어디서 무엇 때문에 버린 것일까?

홍선(李弘宣)의 음성과 태도가 평소와 다르다는 느낌, 동심초라는 단어도 가슴에 걸렸다.

"혹시 다시 들어오면 저한테 전화하라고 해주십시오"라고 부탁했으나 기대할 일이던가.

잠을 이루지 못하고 홍선의 휴대폰만 만지작거렸으나, "전원이 꺼져있어…"라는 소리만 들리고.

이천사년, 시월 초하루 새벽까지 잠을 이룰 수 없었다.

진도 바닷가 마을에서 어부의 아들로 태어나 목포로 유학하여 M고등학교에서 만난 친구.

홍선은 2남 1녀 중 막내였는데 공부도 잘했으며 축구도 좋아했다.

아마 "덩치 큰 녀석이 축구는 잘했으나 조금 어리버리하게 보였어"라고 말한 적이 있는데, 활달한 홍선이 먼저 손을 내밀었을 것이다.

선창에서 각종 수산물을 대규모로 취급하고 창고업을 겸했던 홍선의 집에는 당시 일반적인 가정에서 보기 어려웠던 가전제품은 물론 홍선을 위해 피아노며 비싼 외제 오디오를 갖출 만큼 여유가 있었다.

더구나 친정이 진도라면서 나를 자식처럼 품어주었던 홍선의 어머니!

누나는 이미 결혼하였고, 다섯 살 위의 형은 대학 휴학 후 군인이었다.

홍선은 그런 집으로 자취를 하던 나를 끌어들였다.

공부와 더불어 금방 배가 고팠던 시기, 제철 해산물이 많아 내 입맛이었던 홍선의 집 밥상.

형과 누나의 빈자리를 차지하고 식구가 되었다.

고등학교 1학년 이후 홍선은 문과로 나는 이과를 선택하면서 반은 갈렸으나, 우리의 밥상을 나누지 못했다.

이른 바 84학번.

명문 U대학교 신문방송학과에 진학하여 부모의 자랑거리가 되었던 홍선.

홍선의 도움으로 서울 T대학에 입학하였으나, 겨우 1학년을 마치고 자원입대, 원하지 않은 전경으로 차출되어 서울 D경찰서에 배치되고.

그리고 86년 가을, 홍선의 운명을 가름한 10·28 K대 항쟁.

"팔십 년 이후 끊임없이 광주 오일팔 진상 규명을 요구하던 학생운동은 반외세 자주화, 반독재 민주화, 조국의 통일운동으로 발전했어. 그날 K대의 애국학생연맹 집회도 서울 지역의 학생들이 모인 집단 투쟁 선포식이었지. 때문에 우리 대학도 연대 차원에서 다수가 참석했어. 아마 그대로만 두었으면 평화적인 집회가 되었을 거야. 그런데 적들은 타 대학 학생들이 학교에 진입하자마자 학교를 봉쇄하였고 집회 자체를 방해했지. 그리고 학교에 갇힌 학생들의 안전 귀가 요구를 묵살하고 아예 퇴로를 막았어. 그리고 적들은 학생들을 '빨갱이 도시 게릴라'로 매도하였으며 아무 준비 없던 학생들이 숨었던 강의실에 단전 단수까지 실시하는 만행을 보였다. 강요된 농성, 유도된 투쟁이었어. 그럼에도 마실 물조차 끊긴 상황에서 우리는 질서를 유지하며 초코파이 하나를 몇 사람이 나누는 등 눈물겹게 버텼지 않았느냐. 더구나 날씨까지 추웠기에 쓰러진 학생들이 부지기수였어. 그렇게 학생들이 탈진하여 버틸 수 없는 지경에 이를 즈음, 적들은 시월 삼십 일일 아침에 오십삼 개 중대 팔천여 명의 경찰 병력과 헬기 두 대까지 동원한 진압 작전 끝에 천사백사십칠 명을 연행하였고, 천이백팔십팔 명을 구속하는 역사에 남을 진기록을 세웠어. 최근에야 전두환 정권이 악랄하게 기획한 탄압이었음이 밝혀졌다더라 만···, 그렇다고 사흘을 굶어 저항할 힘을 상실한 채 연행당하면서 몽둥이로 맞고 짓밟혀 병신 되거나 정신적으로 상처를 입었는데 그렇게 당한 우리가 정상적으로 회복될 수 있겠어? 그럼에도 가해자들은 사과 한 마디 없고 우리는 가해자들에게 책임을 묻지 못하고 있다. 아직도 몇 명이 죽거나 다치고 육체적 정신적 후유증에 시달리는지, 그 진실은 감춰지고 있는 현실이지. 눈을 감고, 귀를 막고, 입을 다물고 노예로 살기를 강요하는 야만의 시대를 벗어나지 못하고 있는 현실이 화가 날 뿐이다. 나는 그날 이후 일반 건물의 옥상에만 올라도 숨이 가쁜 일종의 트라우마가 생겼다.”

당시 정부를 ‘적’으로 규정하며 분노의 날을 세우던 홍선.

천하장사도 사흘 동안 먹지 못하고 잠을 못 자면 거리의 바람에도 쓰러지는 법이다.

당시 언론은 학생들을 빨갱이 도시 게릴라로 몰아 국민적 적대감을 조장했고, 정부는 단전 단수를 통해 학생들을 무력화시켰다.

그리고 현장에서는 몽둥이와 최루탄에 쫓겨 옥상으로 도망간 학생들에게 다시 물대포와 최루탄을 쏘아대고, 헬기에서는 연막탄으로 시민의 시선을 가리고, 경찰은 우리에 갇힌 짐승을 작살로 살육하는 듯한 폭력을 실행했다.

옥상에 밀렸던 일부 학생은 뛰어내리기도 했는데 다친 학생들은 치료를 받지 못하고 끌려갔다. 여러 명이 사망했을 것이라는 흉흉한 소문도 돌았다.

무전기를 든 중대장 방패의 한 명이었던 나는 또래의 학생들이 당하는 끔찍한 현실을 보면서 그 안에 홍선이 있으리라고는 상상조차 못 했다.

상황이 빨리 끝나기만 기다렸던 나는 어쩔 수 없이 곤봉을 들고 내달리는 청년들의 전우였다.

중대장의 무전기에서 쏟아지는 험한 명령과 아픈 상황을 들으면서 공권력에 저항하면 안 된다는 소시민적 공포가 뇌리에 깊이 박혔던 10·28 K대 항쟁.

그해 12월, 포상 휴가를 받았는데, 홍선은 의왕교도소에 갇힌 몸이었다.

친구의 불행과 나의 포상휴가!

하지만 엄중했던 시대, 나는 현역이라는 신분을 의식하며 혹시 있을 수 있는 불이익을 겁냈기에 면회조차 하지 못했다.

친구를 외면했던 내 비겁은 지금까지도 자책과 미안함으로 남고.

87년 1월, 부대별 축구 시합 도중 대퇴부 골절.

10·28 K대 항쟁 진압 후, 조금이라도 의식 있는 젊은 전경들은 말이 줄었고, 반면 행동은 거칠어졌는데 그런 와중에서 일어난 사고였다.

훈련 중 사고는 공상으로 인정되고 유공자가 되어 소액의 연금도 받을 수 있다는 규정이 있다고 했으나, 중대장은 후방부대의 여가 활동은 훈련으로 인정되지 않는다며 선심이라도 쓰듯 의병 제대만 상신 했다.

목발을 짚고 고향에 돌아와 뉴스로 들었던 6·29 선언.

출소한 홍선이 재활 중이던 나를 찾은 시기는 9월 하순이었다.

조심스럽게 꺼낸 10·28 K대 항쟁.

당시 진압부대로 사건 현장을 보았다고 말했더니 홍선은, "그날 우리는 적이었구나!"라면서 허탈하게 웃었다. 그런 그에게 교도소에 면회하지 못했던 말은 차마 할 수 없었다.

홍선의 또 다른 아픔.

"안미나…. 일학년 여름 처음 만났어. 같은 지역 출신이라는 공감대 그리고 광주항쟁에 대한 비슷한 의식이 더 가깝게 했고, 또 조용한 성품에 음악을 좋아하던 인간적인 매력이 나를 끌었어. 내 인생의 첫사랑."

65년생으로 동갑에 어문계열로 러시아 문학을 전공했다던가.

"그날 우리는 베르디의 노예들의 합창을 이야기하면서 K대로 갔어. 어린이회관에 집결하여 광주 출정가와 광야에서라는 노래를 부르며 K대로 가는 길에서도 우리는 손을 놓지 않았는데, K대로 진입을 막는 경찰과 대치하는 과정에서 미나의 손을 놓쳤다. 나는 K대로 진입하였고 미나는 불심검문에 걸려 동대문서로 연행되었어. 그게 어처구니없는 이별이 될 줄이야."

안미나와 마지막 순간을 말하는 홍선의 음성은 많이 떨렸다.

"연좌제에 주눅 든 백성들에게 빨갱이라는 단어는 개인과 가족의 발을 묶는 올가미로 인식되는 현실 아니냐. 그런데 반외세 민주화와 조국 통일이라는 말만 해도 빨갱이라고 몰아붙이는 적들의 선동에 자식들이 그 길을 간다면 막지 않을 부모가 있겠어? 딸이 연행되고 사귀는 남자가 빨갱이로 몰려 감옥 갔다는 사실에 놀라지 않을 부모가 있을까? 건축자재를 취급하는 사업가였던 미나의 아버지, 당시 경찰 간부였다는 외삼촌 등 가족은 미나의 행동이나 또 나를 용납할 수 없었겠지. 완고한 가족에 린치나 다름없는 협박에 통제와 감시를 이기지 못했을 미나의 처지를 생각하면 굶주림에 힘을 잃고 헬리콥터와 최루탄과 전경의 몽둥이에 짐승 취급 당했던 그날 나의 모습이 떠오르더라."

그리고 교도소 출소 후, 등교하려는 홍선을 막은 학교 측의 처사보다 더 절망케 한 것은 안미나의 잠적이었다고 했다.

"톨스토이의『부활』을 러시아 원서로 읽겠다고 했는데…. 미나는 휴학했어. 아마 가족에게 끌려 광주로 갔을 거야. 그리고 더 충격은 미나가 아주 싫어했던 미국으로 강제로 추방되었다는 사실이야. 원치 않은 유학을 빙자한 생이별…, 출국이 금지된 나는 그녀를 찾아 쫓아갈 수도 없어."

"만남이 있으면 이별도 있기 마련…, 떠나간 사람은 잊어야겠지."

사랑과 이별과 짙은 그리움을 몰랐던 나는 그런 말밖에 못 했다.

"군사정권은 호남을 특정인과 특정 정당에 맹종하는 사람들만 사는 지역이라고 비난하면서 정치 경제적으로 소외시키고 차별함으로써 결국 지역 발전을 막았지. 거기에 언론은 지역감정을 부추겼고, 대다수 지식인들은 비겁하게 침묵함으로써 정권의 폭력을 묵인했어. 그중 악질적인 지식인과 언론은 권력의 입맛대로 국민의식을 호도하고 마비시켰어. 역설적이게도 그런 압박과 폭력 덕분에 우리 호남 사람들은 더 강해졌지. 그중에서 목포는 정치권의 정치 경제적인 차별과 배제, 그런 정권에 맞장구쳤던 일부 언론의 편견과 오해를 집중적으로 받은 곳이었어. 호남 민중의 응어리가 뭉친 곳이야. 목포 사람들 입이 좀 거칠긴 해도 사리가 분명하여 시비를 가리는 수준과 능력이 전반적으로 높아. 그래서 그런 정신으로 언론인이 되어 최소한 지역감정이라도 바로 잡고 싶었는데…."

"옳고 그름의 판단 혹은 정의감도 중요하겠지. 하지만 정의감만으로 살기에는 너무 힘들다. 너도 유연하게 사고했으면 한다."

"십이팔 K대 항쟁은 오월 광주항쟁의 연장선이었고, 사실상 육십 항쟁의 기폭제가 되었던 사건이었다. 대통령 직선제를 수용하는 육이구 선언은 육십 항쟁만으로 이루어진 것이 아니야. 육이구 선언을 정권의 시혜라고 말하는 놈들도 있는데 폭력 정권이 붙여준 빨갱이 도시 게릴라라는 범주에 우리를 가두고 모욕하는 짓이야. 우리의 순수와 희생 그리고 고통과 좌절을 기억하지 못하는 그런 놈들이 나를 슬프게 한다. 그 현장을 보았다는 너라도 기회가 있으면 우리가 당했던 진실을 증거해 주었으면 한다."

그리고 내 고향의 바닷가 갯돌밭에 앉아, "미나는 광주항쟁 당시를 이야기하며 동심초라는 노래를 불렀어. 그 노래가 우리들의 이야기가 되다니…." 말을 잇지 못하고 흐느꼈다.

10·28 K대 항쟁이 남긴, 치유할 수 없는 개인의 아픔.

하지만 정신적 아픔을 보는 눈도 없었고, 인생의 깊이를 몰랐던 나는 그런 홍선의 등을 두드리며, "병신, 다 살았냐? 넓게 또 길게 보고 살자!"라는 건조한 위로만 반복했을 뿐.

홍선은 눈물을 닦으며 소주를 병째로 마셨다.

당시 어려운 가정형편 때문에 복학을 포기할 수밖에 없었고, 그렇다고 고향에 주저앉아 형과 함께 바닷일을 하기는 싫어 갈등하던 시기였기에 홍선의 심중을 더 깊이 헤아릴 수 없었을 것이다.

결국, 권력을 혐오하면서도 권력에 대한 선망과 권력의 편에 서고 싶다는 이중적 사고 때문에 복학 대신 선택했던 서울시 공무원 시험. 그때도 홍선의 도움을 많이 받았다.

1988년 올림픽이 열렸던 해 7월, 성북구 A동사무소에 9급 행정직으로 시작.

평범한 인생을 살겠다면서 작은 틀에 가두었던 나에 비해, 비록 정의 편에 서겠다는 저널리스트의 꿈을 접었다지만 홍선은 나와 전혀 다른 사람들과 바쁘게 어울렸다.

동향인 대통령 후보를 지원하는 단체에서 '심부름' 한다는 홍선에게 복학은 뒷전이었다.

그런 홍선은 야당 후보의 분열, 급하게 돌아가는 정세 등을 나에게 알려주는 창구였다.

그러나, 89년 대선의 결과는 홍선을 빨갱이라고 적대시했던 세력의 승리였다.

설상가상이라고 했던가!

90년 봄, 10·28 항쟁 패배에 절망하던 동지들의 등산모임에 참가했다가 북한산 오르는 아주 쉬운 길에서 실족 사고!

"동지들을 보니 그날이 눈에 밟혔어. 앞사람이 미끄러지는 것 같아 무의식적으로 팔을 뻗는 순간 내 발이 삐끗했던 것 같아. 정신을 차리니 주변에 동지들이 보이는데 일어날 수 없었다."

부축을 받아 병원으로 갔더니 요추전만통증이라고 했다던가.

병원에서 병실이 부족하다면서 쫓겨내듯 퇴원을 요구했다던가.

겨우 걷기는 가능해졌으나 물리치료만으로는 회복되지 않았다던가.

"마침 어머니의 친정 동네에 침을 잘 놓는다는 민간 침구사가 있어 그곳으로 갔는데, 말은 치료 때문이라고 했으나 사실상 유배였어. 빨갱이라고 몰리더니 몸까지 다친 나를 부모님도 집에 두고 보기 힘들었을 거야. 나도 잠시 쉬면서 생각을 정리할 겸 외삼촌을 따라왔지."

고향 가는 길에 시간을 내어 홍선을 찾았더니 의외로 표정이 밝았다.

"지금은 다리가 놓여 차로 다니지만 어릴 때는 목포에서 조도 가는 배를 타고, 소포에서 내려 인지리까지 걸었어. 시골 외가에 간다고 들떠서 출발한 여행이었으나 심한 뱃멀미에 또 걷는 길은 얼마나 멀었던지. 그 뒤 한두 번 외가에 다녀갔지만 좋은 추억은 없었어. 그런데 본의 아니게 요즘 진도를 다시 보는 중이야. 동지는 간데없고, 성치 않은 몸, 거기에 원치 않은 귀양살이. 공기 좋다는 곳에서 우선 몸을 낫자는 생각으로 자전거를 타다가 혹은 끌고 무던히 돌아다니고 있어. 외지 사람들에게 운림산방이나 용장성만 알려졌지만 실제로 진도는 남도석성 같은 역사적인 유적도 많고 바닷가 풍광이 정말 아름다운 곳이야. 최근에는 임회면과 의신면 바닷길 답사도 했는데 곳곳이 절경이더라. 특히 지산면 가학리 백사장, 그리고 세포리 작은 포구에서 언덕길을 오르면 빨간 불덩어리가 섬 사이의 바다로 여운을 남기고 빠지는 낙조를 볼 수 있는데, 묘한 영감을 주는 길이라 조금 멀어도 몇 번 가봤다. 그런데 중국이나 우리나라에 바다를 노래한 시가 많지 않아. 중국이야 땅이 크고 중원에서 바다가 멀어 강과 산의 풍경을 많이 다루었다고 하지만, 삼면이 바다인 우리나라의 시인들조차 웅혼한 바다의 느낌을 제대로 담은 시를 많이 남기지 못했다는 사실은 아쉽다."

"진도가 새로운 관심 대상으로 보이는 거야? 하지만 바다만 보지 말고 몽고 침략에 맞선 삼별초의 한이 서린 용장성의 역사, 이순신

장군의 빛나는 승리 이면에 숨은 진도 사람들의 지원 투쟁, 유배의 한을 예술로 승화시킨 진도의 혼도 알아야 할 거다. 이 기회에 너라도 바다를 소제로 좋은 시를 써봐!"

"그래. 조선시대, 유배자가 가장 많았던 한반도의 변방, 진도. 아마 시서화에 능한 사람이 많다는 사실도 공부를 많이 했던 그런 유배자들의 영향 때문이 아닌가 한다. 또 진도는 농사를 지으면 3년을 먹고, 해산물, 땔감, 겨울에도 시들지 않은 각종 채소가 많이 생산되는 진짜 우리나라의 보배섬이다. 아무튼 네 고향 진도의 유장한 역사를 알아가는 재미도 크다. 옛 이름도 옥주沃州, 즉 비옥한 고을이라고 하던데 맞는 말이다."

유배자로 자처하던 홍선은 그런 의견도 제시하며 진도 예찬론자가 되었다.

8개월 후, 서울로 돌아온 홍선은 선배의 소개로 대학 선배라는 국회의원 보좌관이 되었다.

여당 의원이라는 점 때문에 말렸으나, "그쪽의 생리도 알고 싶고 또 이 기회를 통해 정치를 배울 생각이야"라며 듣지 않았다.

하지만 어느 정도 자신감을 회복한 것처럼 보이던 홍선은 불과 1년 만에 국회에서 밀려나고.

"전두환에게 당한 내가 적들의 당에 입당할 수 있겠어? 그래서 입당을 거부했더니 채용 당시 학생운동 전력에 호감을 보이던 인간이 대학 졸업장이 없다는 사실을 들추며 쫓아냈어. 사람들이 십이팔 항쟁을 너무 몰라. 개인적으로도 학교 졸업장도 못 받고 감옥살이한 사실도 제대로 평가받지 못하는 점도 그렇고, 직선제가 이루어지고 사회 전반적으로 많은 자유를 누리고 있음에도 많은 젊은이들이 땀과 눈물과 피의 투쟁을 외면하고 있어 안타깝다. 정말 우리의 투쟁이 완전한 승리를 쟁취할 수 있는 날이 언제 오려는지….”

자신의 실수와 실패에 한숨 쉬던 홍선.

홍선의 또 다른 좌절.

97년 대선을 앞두고 동향의 대통령 후보 캠프에 들어갔으나 여당 국회의원 보좌관 했다는 사실이 걸림돌이었다.

악의에 찬 모함이었으나 여당에 입당했다는 언어의 덫에 걸린 것이다.

언제 나타났는지, 미래의 권력 주변에 차고 넘치는 인물들은 홍선이 비집고 들어간 틈을 주지 않았다. 심지어 형의 성공한 사업을 들먹이며 홍선이 여당의 프락치라는 모함도 했다.

독재와 싸우고 자주 민주 통일이라는 이념을 품었던 홍선의 진심은 그렇게 버려졌다.

“나를 믿어줄 것이라고 여겼는데 …, 정치를 배우겠다고 했던 게 실수였어.”

“그래, 누굴 탓할 일이냐? 다른 일을 찾아봐.”

“나에게는 또 다른 주홍글씨가 되겠지. 우에서는 빨갱이 도시 게릴라, 좌에서는 프락치라니! 학생 시절에는 길거리에서 투쟁하던 우리를 피해 다니던 놈들이 설치는 눈꼴시린 모습을 안 보아서 차라리 다행이야. 당분간 돈이나 벌고 또 여행이나 다니며 살겠다.”

권력의 부침에 따라 사람의 행적에 대한 평가가 달라지는 현실,

좌우에서 배척되는 현실에서 고뇌와 우수를 자조하며 풀었던 홍선.

그런 중에도 어려운 동지들의 취업을 돕고, 직접 금전적인 도움을 주었던 사실은 몇 사람만이 알 것이다.

개인의 삶은 거대한 역사의 그늘이지만 그 현실을 자각하는 사람은 많지 않다.

그리고 역사는 개인의 불행을 책임지지 않는다.

90년대 후반, 토건업에 뛰어든 홍선의 형이 큰 성공을 거두면서, 부모님까지 목포의 사업을 정리하여 강남에 터를 잡았다.

그런 부모 형제 덕분에 젊은 홍선도 건설회사 임원 명함을 들고 다니며, 강남에 자신의 아파트를 마련하고 강남 터미널 부근 요지에 상가도 분양받았다고 했다.

그리고 "기술이 없는 사람에게는 부동산 투자가 유망한 사업이야"라면서 동사무소 창구에서 허덕이는 나를 끌었는데, "나처럼 자본도 없고 능력도 없는 소시민은 지금이 좋다. 송충이는 솔잎을 먹어야 한다는 말이 맞아. 만나면 맛있는 밥이나 사"라며 힘들게 털었다.

세기가 바뀌기 전 겨울, 홍선은 결혼할 아가씨를 소개하면서 부모님께 효도했다며 모처럼 밝게 웃었다.

그런데, 1년을 못 넘기고 이혼.

"이제 차분하게 살아볼까 했는데…. 젊은 애가 영악하게 양다리 걸치기를 한 거야. 너도 심란한 터라 말하기도 그렇고…, 솔직히 창피했어."

"무슨 소리…?"

"낭비벽이 심한 것 같지 않은데 돈을 밝혔어. 제법 모았으리라고 추산했는데 터무니없이 비었어. 가볍게 추궁했더니 아주 솔직하게 털어놓더라. 정말로 사랑하는 사람이 있다고. 그러면서 위자료 없이 이혼만 해달라더군. 그게 소문낼 일이더냐? 그냥 원하는 대로 보냈어."

그리고 홍선은 "여자 복이 없는 놈, 미나를 잊으려다 미나의 환상에 걸린 꼴이었어"라고 했다.

"들리는 소문으로는 벌써 결혼했다는데…. 미나에게 죄인이 된 느낌이야. 이제는 미나는 만날 수 없겠지? 또 만나서도 안 되겠지?"

"미친놈, 쓸데없는 소리!"

"야, 너한테 그런 말 못 하면 누구하고 하냐? 내 말 들어준다고 귀에 덧나는 것도 아닌데…. 하긴 사랑이 무엇인지 모르는 놈이 무엇을 알겠냐만."

"젊은 날 잠시 만났던 여자를 못 잊는다고 하면 요즘은 지나가는 개도 웃는다."

"사람의 진심을 헤아릴 줄 모르는 청맹과니들이 가득한 세상. 실없는 농담과 거짓 언어가 횡횡하는 세상. 너마저 세속의 때에 절어 사람의 높은 정서를 모르는 비인간을 닮아가는가 보다."

"정식 결혼하여 수십 년 함께 산 사람도 갈라서면 남이 되고, 몇 년 지나면 또 다른 상대를 찾는다고 하던 데, 그런 말 하는 너를 보면 나도 웃음 난다. 다른 이야기나 해."

그렇게 말렸으나 홍선은 여전히 진지했다.

"미나는 애인이었고 정신적인 동지였어. 만약 십이팔 K대 항쟁만 아니었더라면 대학 졸업장도 받고 내 목표였던 언론 고시에 매달렸겠지. 안미나와 만남도 내 운명에서 중요한 계기였고 희망이라고 여겼는데…, 지금도 가장 그리운 사람이다"라며 먼 하늘을 보았다.

사랑이 남긴 그리움은 만난 시간이 길수록 깊고, 추억이 많을수록 그리움의 크기도 비례한다고 믿었던 나.

때문에 부칠 수 없는 연서를 가슴에 품고 기다리는 듯한 홍선의 정신적 방황이 단순히 가진 자의 여유도 아니고, 분노를 잊기 위한 넋두리일 수 있다고 이해했을지라도 홍선의 그리움은 여전히 비구상 작가들이 그린 추상화처럼 난해했을 뿐이다.

평생 한 이성을 향한 순수한 감정이나 애정 따위만을 추구하는 경향이나 마음을 순정주의純情主義라고 한다면, 다른 여성과 결혼까지 했던 사람이 첫사랑을 잊지 못하고 짙은 그리움에서 벗어나지 못하는 홍선도 순정주의자라고 할 수 있지 않을까?

우리의 삶에서 두 번째 세기로 접어든 직후, 민주화운동에 투신했던 젊은이들은 '민주화운동 관련자'가 되었다. 그런 소식에 홍선이 대뜸 언성을 높였다.

"우리가 어떤 훈장이나 보상을 바라고 싸웠던가? 그걸 안다면 정부가 먼저 지난 정부의 만행을 사과했어야 해. 대통령 당선되어 취임하기도 전에 했던 일이 우리의 적 전두환 일당 사면이었어. 물도 없는 대학 건물 옥상에 갇혀 빨갱이 게릴라로 몰리면서까지 이 땅의 민주화를 외치며 피 터지게 투쟁했던 당사자들, 민주화 과정에서 공권력의 폭력에 사망한 당사자들까지 말도 안 되는 관련자라니! 어떤 놈이 그런 단어를 조합했는지 머리를 쪼개고 싶어. 그놈 주장대로라면 유관순 열사 안중근 의사 이봉창 윤봉길 의사도 독립운동 관련자라는 말이 아니냐? 이한열 열사와 목포 박승희 열사 등 유족의 입장에서는 얼마나 참담하겠어. 수많은 젊은이의 잃어버린 청춘을 언어도단의 요설로 우롱하는 놈들을 저주한다. 정말 젊은이들의 피와 땀을 인정한다면 유공자로 대접해야 해. 아직도 진정한 민주화의 여정은 끝나지 않은 것 같다."

고개만 끄덕였던 나.

"옥상에서 기진맥진 쓰러져 일어나지 못하는 여학생들을 전리품처럼 끌고 가면서 가슴을 더듬었던 새디즘 환자들을 내 눈으로 보았어. 안미나가 당하는 듯하여 소리를 질렀더니 더러운 장갑에 제 놈의 침을 발라 내 입을 틀어막더라. 전쟁에서 가장 약한 고리가 여성과 아이들이라고 했는데, 그날 그 현장을 보면서 여성들이 강간당했다는 소문이 사실일 수 있다고 이해했어. 그런데 인간으로 당할 수 없는 수모를 겪고, 지난 20년간 빨갱이로 낙인찍혀 취업도 못 하고, 골병든 몸이라 노가다 일도 할 수 없어 폐인처럼 지옥을 헤매고, 지금도 악몽에서 벗어나지 못하는 동지들, 개 같은 놈들에게 당한 치욕을 트라우마로 안고 살아가는 가는 여성 동지들을 고작 민주화운동 관련자라고? 그건 또 다른 모욕이야. 정말 개자식들이라는 욕밖에 안 나와."

그런 분노에는 위로할 말이 없었다.

"우리를 짐승처럼 취급했던 적들은 재반격을 노리는데, 동지끼리 질시와 모략, 그리고 편 가르기…, 약한 동지들 따돌리기…. 부모덕에 밥술이나 편하게 먹고 유배지를 선택하여 갈 수 있다는 점이 다르겠지만, 꿈도 사랑도 거세당한 나 역시 어쩔 수 없는 유배자 아니겠어?"

홍선이 나그네임을 자처하며 방랑벽이 심해진 것도 그 무렵이었다.

틈만 나면 차를 몰고 한적한 곳을 찾더니, 어느 순간 해외로 눈을 돌렸다.

"백두산과 만주 땅을 다녀왔어. 천지를 보기 위해 남의 땅을 돌아서 가야 하는 서글픔이라니!"

"로마에서 파리를 거쳐 런던으로 돌고 왔는데, 썩 내키지는 않지만, 미국도 한 번은 가서 그들이 세계의 패권 국가가 될 수 있었던 힘을 느껴보고 싶다."

'발작성 방랑 증후군 환자!'라는 핀잔에 "미래를 위한 취재 행로!"라고 응수했던 홍선.

하지만 변변한 사진도 또 기행문은 물론 한 편의 시도 보여주지 않았던 홍선.

그런 친구의 아픔과 미래를 못 본채 비현실적인 '몽상가' 혹은 '환자'라고 타박했으니!

긴박한 무엇에 홀린 듯 홍선을 잡겠다는 일념으로 새벽에 첫 열차에 올랐고.

열 시 삼십 분 경, 익숙한 거리 조금은 낯선 선술집에 들렀더니 장사 준비하던 여인은 "그 양반 다시 안 왔어요"라고 했다.

"혹시 어디로 갔는지 언질 준 내용이나 감으로 짐작되는 부분이 있으신지요? 그 친구가 걱정되어서 그럽니다."

"그분 원래 고향이 진도래요?"

"진도는 외가였지요. 그런데 무슨 이야기를 하던가요?"

"그곳에는 섬과 어우러진 아름다운 낙조를 볼 수 있는 장소가 있다고 말씀하셨습니다. 그 말씀 끝에 전화기를 빌려달라고 하시더군요."

가끔 진도의 기억을 화제로 삼은 자리에서 낙조를 말한 적이 있었지만, 그런데 서울에서도 머나먼 땅 목포도 아닌 진도라니! 무슨 심경의 변화가 있었기에 그곳을 찾은 것일까?

해장국을 시켜놓고 자잘한 목포의 추억을 말했으나, 여인에게 더 얻을 내용은 없었다.

혹시나 하는 심정으로 목포에 사는 몇 동창들에게 전화해서 홍선의 행방을 추적했으나….

실연당한 감정에 편승하여 너무 충동적으로 나섰다는 반성도 없지 않았다.

그러면서 엉뚱한 생각.

'소통이 불가능한 사람의 움직임과 시간까지 예측은 불가능하고, 또 상상과 예단만으로 행로를 그릴 수 없는 법. 기왕에 내친걸음! 고향에도 들를 겸 홍선이 낙조가 아름답다고 했다는 바닷가에도 가보자!'

그런데 진도행 버스가 해남 땅에 들어섰을 무렵….

"근무 잘하고 있어? 내일이 주말인데 저녁에 만날까?"

그의 소리가 반가우면서도 노여움이 왈칵 일어 내 숨소리는 거칠고 소리도 컸다.

"야, 인마! 너 지금 어디냐?"

"왜 소리가 그렇게 크냐? 서울 가려고 목포역에 왔다가 공중전화가 보여 네 생각을 했다."

진도에 가는 중이라는 말이 나오지 않았다.

"짧은 인생, 찰나의 만남, 지울 수 없는 열패감 또 깊은 그리움…. 잊은 척했으나 메워지지 않는 상처였다."

의외로 차분한 음성, 말을 자를 수 없는 분위기.

"육신은 한줌의 흙으로 돌아간다지만, 그럼 실체 없는 영혼은 어디로 가며 또 어떻게 되는 것일까? 그런 의문을 품으면서 바다를 보니 그 바다가 우리 영혼의 본향이라는 생각, 우리가 언젠가는 돌아가야 할 안식처라는 생각이 들더라."

"갑자기 도라도 깨쳤냐? 아니면 겨우 정신 줄 잡은 거냐?"

"역사를 왜곡하고 진실을 감추는 세상, 매 맞고 짓밟힌 피해자들이 가해자들을 향해 화해를 구걸하는 세상, 거짓으로 그리움을 말하는 연극 무대 같은 세상, 갈 곳을 잃은 영혼 없는 노예들의 합창만 들리는 듯한 세상…. 그런 세상에서 나는 무엇을 또 누구를 기다렸던가? 지나간 투쟁과 사랑의 기억을 완전히 지울 수는 없는가? 등등 많이 생각했다. 어제는 젊은 날 유배자를 자처하며 자전거를 끌고 걸었던 가학 마을과 세방 언덕을 찾았어. '추파묘묘실이소秋波渺渺失離騷'라는 시구를 떠올리니 자연 앞에서 인간의 시와 노래는 한

갓진 소리라는 말이 실감나더라. 또 '낙조는 성찰과 반성의 시간'이라고 하지 않더냐. 그래서 내 심장을 에워싼 나태와 비겁을 털 듯 십이팔 애국 학생 투쟁과 관련된 기록, 또 미나 사진과 그간의 기억을 서해에 던졌다. 인간의 힘으로 풀 수 없는 아픔과 결별하겠다는 나름의 의식…. 우리 투쟁은 역사에서 지워지고, 미나도 옛날의 일을 잊겠지. 이제 좀 진중하게 살아야겠다. 어서 일해. 휴대폰 새로 개통하고 연락할게."

나의 행로에 대한 느낌도 짐작도 전혀 없다는 듯, 조금 두서없는 독백 같은 자문자답은 그가 나에게 남긴 마지막 말이었다.

일단 연락이 되었다는 사실에 안도했던지, 다시 만날 수 없으리라는 강렬한 예감은 없었다.

홍선의 뒤를 따라 열차에 올랐으나, 갑자기 마음의 정리가 왜 필요했는지, 정말 진도를 찾은 목적이 무엇인지, 일반적인 낙조의 이미지와 새 출발을 다짐하는 말에 담긴 모순을 어떻게 해석할 것인지 등 갖가지 의문과 상념 때문에 잠을 이룰 수 없었다.

그런데, 그날 서울에 도착하여 저녁 숟가락을 들기 전 들었던 어머니의 통곡.

"연택아…, 우리 홍선이가…, 무슨 날벼락이다냐!"

법과 제도라는 몽둥이를 든 국가 폭력에 맞섰던 사람도 뒤따르던 음주 운전자의 물리적 추돌은 이길 수 없었으니…. 택시로 귀가 중 앞차와 뒤차에 끼는 바람에 장기 손상으로 인한 과다출혈로 병원에 도착 전에 눈을 감았으니…. 이른바 [골든타임]을 놓쳐버린 안타깝고 허망한 죽음.

물질적으로 여유로웠으나 국가 폭력에 의해 꺾인 꿈의 좌절, 사랑을 잃은 상처, 믿었던 동지들의 질시와 모욕, 역사를 망각하는 세태에 아파하며 방황했던 홍선.

그의 좌절과 아픔과 슬픔을 외면했던 나의 무지와 이기심!

섣부른 불안이 최악의 현실로 드러난 상황의 충격, 오랜 시간 많은 도움을 받았음에도 고맙다는 표현에 인색했던 미안함….

겨우 몇 친구와 홍선의 상주喪主가 되어, 그가 좋아했던 서쪽 바다에 띄워 보냈다.

마흔이 넘어서야 새로운 사람을 만나 가정을 이루고, 가족의 방패 노릇에 바빴던 나.

홍선의 어머니도 가시고, 홍선의 모습조차 망각의 신이 풀어놓은 흐릿한 안개에 가려졌다.

그래도 산과 바다가 어우러진 생명의 땅이라고 자랑하는 진도, 그 서쪽의 낙조를 보기 위해 나그네들이 모인다는 소문은 들었으나 나는 차마 그 길을 찾을 수 없었다.

그를 보낸 스무 번째 되는 지난 봄날, 아직 차가운 바람과 옅은 구름이 스산한 황혼 무렵, 아내의 성화에 끌려 세방 전망대에 섰다.

젊은 날, 홍선이 헤맸으리라고 추정되는 비탈지고 구부러진 길은 2차선으로 포장되고, 언덕의 길을 넓혀 조성한 전망대에는 홍선의 흔적을 지우듯 방부목이 두껍게 깔려 있었다.

조용한 나그네들 사이를 오가며 노을과 주변의 풍경을 휴대폰에 담기에 바쁜 아내.

그런 아내에게 스무 해 전 불안한 심정으로 홍선을 뒤쫓았던 나의 행보, 그리고 홍선의 마지막을 말할 수 있을 것인가!

정치는 물론 시에 대한 비평이 날카롭고, 음악을 좋아했던 홍선이 동심초란 그냥 애절한 가곡의 제목이거나 한갓 풀 이름이 아니라 그리움과 간절한 바람을 담은 연서戀書였음을 모르지 않았으리라.

그날, 노을 진 하늘과 엷은 구름에 설핏한 붉은 해를 감추는 바다, 그 바다의 심연을 향한 그리움과 기원이 쌓인 작은 섬들을 보며 인간의 미약함을 느꼈으리라.

품 안의 휴대폰을 창랑滄浪에 제물로 바쳐 심신의 회한을 덜고 새로운 날을 다짐했으리라.

하지만…, 내 상상은 그 지점에서 나가지 못했다.

이제 홍선을 추억하는 사람은 몇이나 될까?

거의 40년 전, 그를 비롯한 청년 학생 1,447명을 짐승 다루듯 연행하고 1,280명을 감옥에 가두었던 10·28 K대 항쟁을 기억하는 국민은 얼마나 될까?

가만히 '낙조는 성찰과 반성의 시간'이라던 홍선의 소리가 들린다.

그렇다면 홍선은 그 시간을 넘어 자신의 새로운 이상과 소망을 펼칠 수 있는 나라를 찾았는가?

역사를 공유할 동지들은 만났는가?

바다의 시를 쓰겠다던 꿈은 이루었는가?

아! 아릿한 운명의 꼬리에 달린 묘묘渺渺함.

유별留別의 詩가 걸린 풍경

초판 1쇄인쇄 2025년 2월 21일
초판 1쇄발행 2025년 2월 25일

저 자 홍광석
발행인 박지연
발행처 도서출판 도화
등 록 2013년 11월 19일 제2013－000124호
주 소 서울시 송파구 중대로34길 9－3
전 화 02) 3012－1030
팩 스 02) 3012－1031
전자우편 dohwa1030@daum.net
인 쇄 유진보라

ISBN ┃ 979－11－92828－79－4 *03810
정가 15,000원

도화道化, fool는
고정적인 질서에 대한 익살맞은 비판자,
고정화된 사고의 틀을 해체한다는 뜻입니다.